書下ろし

長編時代小説

遠　謀

密命・血の絆

佐伯泰英

祥伝社文庫

◇南町奉行
大岡越前守忠相（南町奉行）
織田朝七（内与力）
西村桐十郎（定廻り同心）
野衣（桐十郎の妻）
桐十郎・野衣の間に長男・晃太郎誕生
花火の房之助（岡っ引き）
静香（房之助の妻）
三児（房之助の手先）

◇車坂石見道場
石見銕太郎成宗（道場主）

◇鹿島米津道場
故・米津寛兵衛（道場主）

◇水野屋敷
水野和泉守忠之（幕府勝手掛老中）
佐古神次郎左衛門（江戸家老）

◇豊後相良藩
斎木高玖（藩主）
古田孫作（江戸家老）
庵原三右衛門（江戸留守居役）

◇江戸幕府
徳川吉宗（八代将軍）
有馬兵庫守氏倫（御側御用取次）

◇尾張徳川
徳川継友（六代藩主）
徳川宗春（継友の弟）

◇下野国茂木藩
楝方新左衛門実忠
※細川家江戸屋敷元締格・久村護一郎の娘
りくと結納を交わす

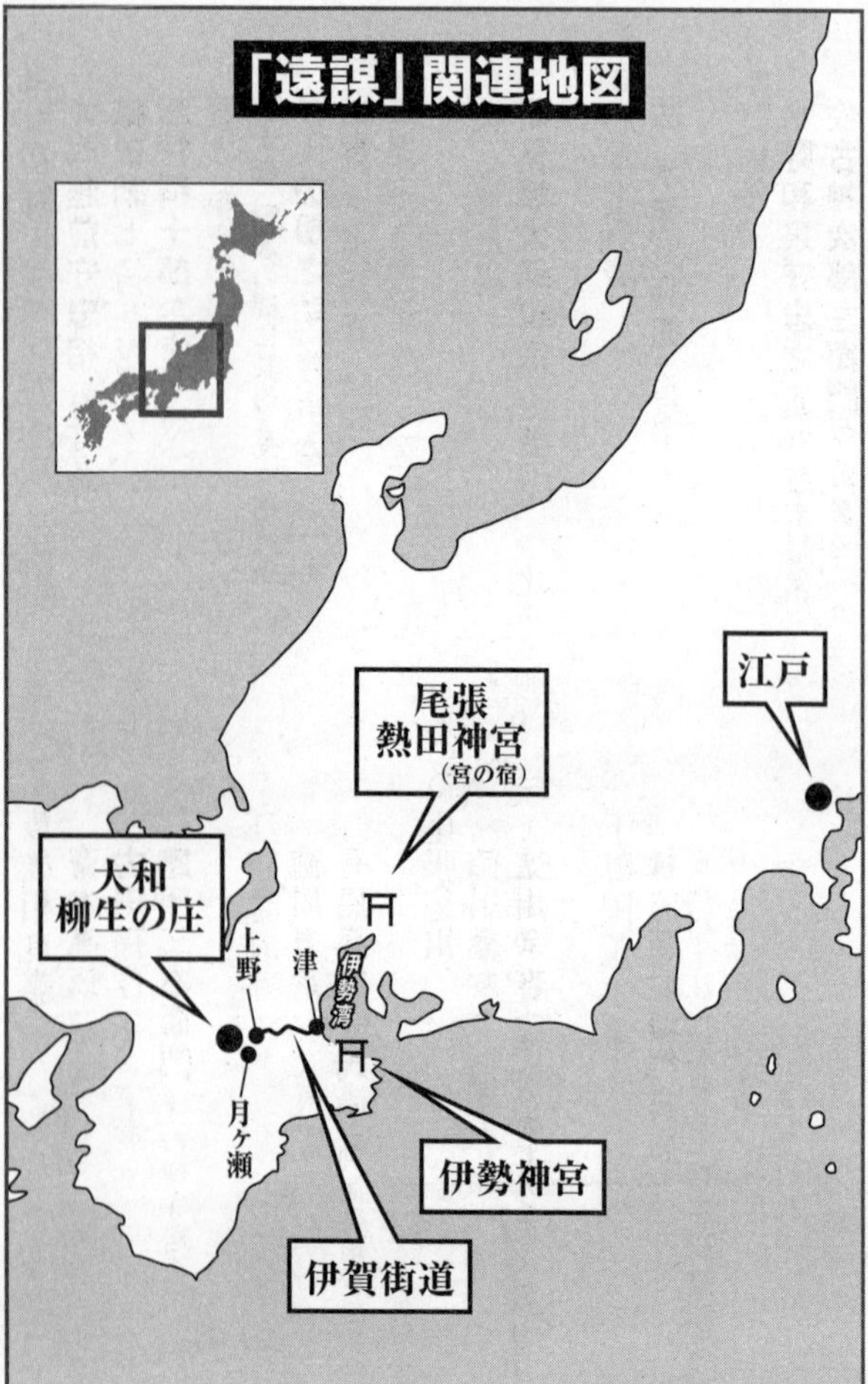

「遠謀」関連地図
江戸
尾張
熱田神宮
（宮の宿）
大和
柳生の庄
上野
津
伊勢湾
月ヶ瀬
伊勢神宮
伊賀街道

序章

　結衣《ゆい》の異変に気付いたのは母親のしのだった。いや、思春期の娘にありがちなもので、異変とは呼べない成長の証《あかし》かもしれなかった。

　しのや姉のみわになんでもあけすけにお喋《しゃべ》りしていた結衣の口数が急に少なくなり、夢でも見ているような表情で思い耽《ふけ》っていた。

　しのはわが娘の微妙な変化を、しばらく自分だけの胸の内に仕舞って見詰めていようと決めた。

　そんな日々が過ぎたある日、八百久《やおきゅう》の手伝いから戻ったみわが、

「母上、結衣の様子が変ではございませぬか」

　と言い出した。

「様子が変とはどのようなことですか」

秘めてきた気がかりに同じく気付いた家族が他にもいたかと思いつつも、しのは問い返した。

「近頃の結衣は独りでなんでもしたがりませぬか。私が手を出そうとすると露骨に嫌がることもございます」

「そのようなことはあるまいが」

「いえ、確かです。それに……」

「それにどうなされた」

「神明社《しんめいしゃ》の境内《けいだい》などで独り、夢見るような顔つきで手振りを交えて何ごとかやっていることがございます」

「みわ、そなたも見ましたか」

「母上もやはりご承知だったのですね」

しのは頷《うなず》いた。

「結衣に好きな殿方でも現われたのでしょうか」

しのの問いにみわがしばらく考えてから、首を横に振った。

「そうとは思えません」

「ならばどうして」

「私にも覚えがございます。娘へと育つ年頃、体にも変化が生じましょう。どことなく不安になり、自分を嫌悪するような気持ちにも陥《おちい》ります」

みわは妹の初潮のことなどを告げていた。

「みわ、まだその兆候は見えないようです」

「体の変調に先駆けて結衣は、一足先に気持ちだけが大人へと成長を遂げているのかもしれませぬ」

「ほんにみわのいうとおりです。結衣は娘から女へと少しずつ近付いているのやもしれませぬな」

しのはどうしたものかという顔でみわを見た。

「ここ当分は知らぬ振りをして、静かに見守っていくしかありませぬ」

「父上に申し上げたものかどうか」

「母上、おやめなさい。父上は家族のことには疎《うと》い方です。変に父上が騒ぎ立てると結衣がどういじけるか、知れませせぬ」

みわの言葉にしのは首肯《しゅこう》しながら、みわが近頃一段としっかりした娘になったことに気付かされた。

考えてみれば、清之助《せいのすけ》もみわも迷い、惑《まど》い、惣三郎《そうざぶろう》やしのを案じさせつつ立派に成長してきたのだ。

ただ、上の二人はしのが実際に腹を痛めた子ではなく、惣三郎の先妻あやめの子であり、結衣だけが惣三郎としのの間に出来た娘であった。

しのと清之助とみわの間には血の繋《つな》がりがなかったのだ。それだけに、時に厳しく躾《しつ》け、また不必要な遠慮をしたりもしてきた。

今、清之助は一角《ひとかど》の武術家として修行の途についていたし、みわはみわで、しののよき相談相手として成長していた。

結衣は惣三郎にも内緒で、しのが独りで密かに生んだ娘だった。

しのが惣三郎の前から姿を消して飛鳥山《あすかやま》に引き籠《こ》もったのは、清之助が父親の想い女《びと》であったしのを嫌ったせいだ。幼い清之助には当時、亡母あやめの記憶が強く残っていた。

惣三郎がしのと再会し、己が娘、結衣の存在を知ったのは結衣六歳の折だった。

しのは結衣を独りで育てる覚悟で、武家の娘が身につけるべきひと通りの教養、読み書きを自らの手で教え込み始めていた。

血の絆《きずな》もあり、しのは結衣に関しては、どこか安心しきっていたのかもしれなかった。

それが今や、母や他の家族からも自立していこうとしてか、悩んでいた。

母親として喜ぶべきであろうが、一方でどこか一抹《いちまつ》の不安を感じていた。

「母上、よろしいですね。父上には申してはなりませぬぞ」

みわにきつく釘《くぎ》を刺されて、しのはただ頷いた。

第一章　掛け取り屋

一

五十歳を迎えた金杉《かなすぎ》惣三郎はふと、
（ついに齢《よわい》五十か）
と感慨に耽《ふけ》ることがあった。
尾張《おわり》の戦国大名織田信長《おだのぶなが》が家臣《かしん》・明智光秀《あけちみつひで》の謀反《むほん》を起こした本能寺《ほんのうじ》の変に際して、
「人間《じんかん》五十年、下天《げてん》の内をくらぶれば夢まぼろしの如《ごと》くなり……」
と幸若舞《こうわかまい》『敦盛《あつもり》』を舞い、槍《やり》を振るい死に赴《おもむ》いたとほぼ同じ年齢に差し掛かっていた。

平安を謳歌《おうか》した江戸でさえ、罹病《りびょう》天災人災多くして五十歳は一つの節目、

「老境」

と考えられていた。

だが、惣三郎には老境とか隠居などという考えはないのだ。ただ、

（おれも五十か）

という想いが去来するだけだ。


その朝、車坂《くるまざか》の石見《いわみ》道場の稽古《けいこ》前、瞑想《めいそう》に入ろうとした脳裏にそのことが浮かんだ。

そのせいか、惣三郎は普段よりも激しい稽古を門弟たちにつけたらしい。師範の伊丹五郎《いたみごろ》兵衛《べえ》に、

「金杉先生、何ごとかございましたか。いつもより一段と厳しい打ち込みにございましたがな」

と訝《いぶか》られた。

「なにっ、いつもと変わらぬつもりでしたがな」

その問答を聞いていた鍾馗《しょうき》の昇平《しょうへい》は、

「師匠よ、おれの腕を見てみなよ、竹刀《しない》で殴られた跡が青あざになって腫《は》れているぜ」

と見せつけた。

「そうか、手加減を忘れたか」

「しのさんもお元気、みわさんも結衣さんも達者だ。ははあーん、清之助さんのことを心配なされてつい張り切られたかな」

「大いにそんなところかも知れぬな」

と惣三郎は惚《とぼ》けながら、

(金杉惣三郎、いまだ武芸者の覚悟に達せずや)

と己《おのれ》の未熟が恥ずかしかった。

稽古の後、いつものように朝餉《あさげ》の膳をともにする石見銕太郎《てつたろう》にそのことを話すと、

「一代の剣客金杉惣三郎も五十になりましたか」

と莞爾《かんじ》とした笑みを浮かべた。

「それがしも十年前に通過した道にござる。そのお気持ち、よう分かる」

「石見先生にもそのような想いがございましたか」

「ありましたとも。これで老境に入っていくのかと思うとな、なんとなく寂しいような、空《むな》しいような想いが走馬灯《そうまとう》のように頭に浮かんだり消えたりしましてな、残された齢を大切に生きなければと、そのときは思うたものです。じゃが、ついつい多忙な日々に紛れて

自省の念を忘れます。どうも考えるほどには人間成長しませせぬな」

と苦笑いした。

「石見先生からそのお言葉を聞いて、金杉惣三郎、ほっと安堵《あんど》しました」

「金杉さん、どのように厳しい修行を積んだ人間も、死に臨んでなお悟達《ごたつ》に至らぬ、最後の最後まで悩み、迷い、惑う。これまた人間らしゅうて、よいではございませぬか」

と慰められた。

車坂から大川《おおかわ》端の火事場始末、荒神《こうじん》屋《や》へと向かいながらも惣三郎は、道場で浮かんだ想念や石見銕太郎の言葉が頭に残っていた。

鍾馗の昇平が言うように、家族になんの心配があるわけではない。父の目からは子供たちは三人三様、それぞれの道をたどっているように思えた。

また、しのとの結婚生活になんの不満があるわけでもない。

燃え尽きようとする蠟燭《ろうそく》は風もないのに炎が揺らぐときがある。どうやら今日のおれはそんな心境のようだ、と惣三郎は思った。

八丁堀《はっちょうぼり》の北側の河岸道を歩きながら、ふと気付いた。

（なにか視線に晒《さら》されてはいないか）

殺気を感じたわけではない。だが、どこからともなく見詰められているような気がした。

（いかぬな、いつまでもこのような想いを引き摺《ず》っていては）

と反省しつつ、惣三郎は大川端への土手道を降りた。

春の陽射《ひざ》しが長閑《のどか》にも大川の流れを照らしつけ、川面《かわも》には屋根船や上荷船《うわにぶね》や猪牙舟《ちょきぶね》が忙しそうに往来していた。さらに流れの上に目を移すと、永代橋《えいたいばし》が緩やかな弧《こ》を描いて架かり、橋上を大勢の人々が往来していた。

大川の岸辺の造船場からは船板を手斧《ちょうな》で削《けず》る音も響いていた。

いつものような、いつもの暮らしがそこにあった。

このところ江戸は穏やかで、半鐘の音も響かなかった。ということは火事場始末の荒神屋に稼ぎがないということだ。

小頭《こがしら》の松造《まつぞう》らが大八車に材木を積んでいた。新木ではない、火事場の始末材を再生したもので梁《はり》、柱、板材など火が入らなかった材木を削り直し、燃えた部分は切り落として加工したものだ。

これもまた荒神屋の稼ぎの一つであった。

江戸では大火が頻発《ひんぱつ》する。そこで分限者《ぶげんしゃ》の大店《おおだな》などでは、ただ今の店や住居とまったく一緒の、木組みを終えた資材一組を木場に用意していた。火事に見舞われた場合、早々に

目次

『密命』主な登場人物

金杉惣三郎

元豊後相良藩二万石徒士組。五十三石深井家より御右筆方百十石の金杉家婿養子に。直心影流綾川道場に学び、寒月霞斬りを体得。故あって現在は市井に暮らし、荒神屋にて帳付けを務める。

しの — 結衣（二女）

前妻 あやめ（死去） — 清之助（長男）／みわ（長女）

◇荒神屋（火事場始末御用）

喜八（主人）
松造（小頭）
とめ（女人足）

◇冠阿弥（札差）

膳兵衛
さき（膳兵衛の妻）
治一郎（主・お杏の兄）
忠蔵（大番頭）
一人娘の**お杏**は纏持ちの**登五郎**と再婚、二人合わせて芝鳶の養子となる。

◇め組（芝鳶）

辰吉（頭取）
つや（辰吉の妻・め組のおかみ）
登五郎と**お杏**の間に長男・**半次郎**誕生
鍾馗の昇平（人足）

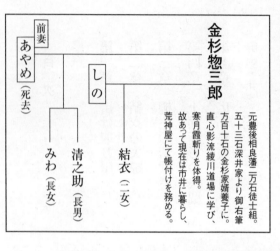

整地して新しい店や住まいを建てる工夫の一環だ。商いを一日でも早く再開することが再建に繋《つな》がるからだ。

このため、火事場始末屋は一刻も早く火事場を整地し、大工ら職人衆が新店建築にとりかかり易くする、それが商売だ。

火事場に焼け残った材木の始末も頼まれる。

荒神屋では大川端まで持ち帰り、再生できない材木は薪《まき》の大きさに挽《ひ》き切り、八丁堀の湯屋に卸《おろ》す。まだ使えそうな材木は加工して、長屋や納屋の建築材として売る。新しい材木の一割から二割ほどの値だ。結構、客がついた。

「小頭、ご苦労だな」

「親方の溜《た》め息を聞くのもちょいとつらいや。外に出られてほっとしているぜ」

と松造は五台の大八車の筵《むしろ》を巻いた荷を手で叩《たた》いた。

「どうやら通旅籠町《とおりはたごちょう》が買ってくれたか」

「ああ、夕べ、旦那が帰った後によ、肥前屋《ひぜんや》の旦那と番頭が姿を見せてよ、十七両二分で手打ちとなったのさ」

「だいぶ値引きをされたねえ」

「親方は人がいいからね、肥前屋の二人に押されっぱなしだ」

と苦笑いした。

大八車に積まれているのは一部しか火が入ってない床柱、床板、棟木、大黒柱、梁、欄《らん》間《ま》などの銘木《めいぼく》だ。

この数年、火事場から貰《もら》い受けてきた銘木だが、裏長屋や納屋の材木としては使い道がない。

通旅籠町の公事宿《くじやど》肥前屋では、宿の建て替えに際しこの火事場から再生された銘木に目をつけた。新しい無垢《むく》材では途方もない値がする。それをなになに町のなになに屋という豪商の奥座敷を飾っていた床柱を使うのだ。江戸に訴えや公事で在所《ざいしょ》から出てきた者が泊まる宿の座敷ゆえ、少々焼け焦《こ》げの跡があってもそれは愛嬌《あいきょう》というものだ。

そんなわけで荒神屋が火事場から集めた銘木を一括して、肥前屋の建築資材として売ったのだ。

「元はといえば火事場の拾い物だがよ、おれたちが手斧で削ったり、鉋《かんな》をかけたりと手間《てま》隙《ひま》かけたんだぜ。それが切餅《きりもち》一つ（一分銀一〇〇枚＝二十五両）にも届かねえ値だと」

「小頭、そう言うものではない。このところのご時世だ。一度火に襲われた銘木が再び陽の目を見る手伝いをしたと思えば、気持ちも違おう」

「気持ちより小判だがな」

と応じた松造が、

「行ってくるぜ」

と大勢の人足を率《ひき》いて出立《しゅったつ》していった。

「小頭、よろしく頼む」

惣三郎は一行を見送り、とめらが湯屋に売る焼けぼっくいを挽き切る作業場の傍《かたわ》らを抜けて帳場に向かった。

帳場では親方の喜八《きはち》が帳簿と算盤《そろばん》を前に何ごとか考え込んでいた。

「今月の払いが足りませぬか」

「金杉さん、来ておられたか」

と顔を上げた喜八は、

「肥前屋が買ってくれましたのでな、なんとか当座はしのげそうだが、その先がな」

「先のことを案じていては体に悪うござる」

「まあ、そうですがね。このところ、火事場に出てませんや。当てがまるっきりないってんでねえ」

たとえ今日火事が発生し、荒神屋が始末を請け負ったとしても、即金で支払ってくれるところはまずない。なにしろ相手も火事に見舞われたところだ、再建のための費用《かかり》はいくらも要《い》った。火事場を整理した始末屋に金子《きんす》が渡るのは早くて数ヶ月先、時には何年も先になることもあった。

「親方、どこぞ取りはぐれておる仕事先を回ってこようか」

と喜八の深刻そうな顔つきに惣三郎は思わず言った。

「さて、それだ。取りっぱぐれの店はないかと帳簿を先ほどからひっくり返しているんですがねえ、どこもが一筋縄《ひとすじなわ》ではいかないところばかりだ」

「何年も前の仕事ですな」

親方が頷《うなず》き、帳簿の下から書付を出した。そこには四件の名があった。

品川宿《しながわしゆく》貴船《きふね》明神社《みようじんしゃ》門前春扇楼《しゆんせんろう》　二十八両一分　享保《きようほう》四年葉月《はづき》三日
府内住吉町《すみよしちよう》履物問屋《はきものどんや》　下野屋《しもつけや》万五郎《まんごろう》　七両　享保六年師走《しわす》十五日
府内浅草《あさくさ》猿屋町《さるやちよう》火口《ほくち》卸《おろし》問屋　大黒屋《だいこくや》孫三郎《まごさぶろう》　十一両　享保七年弥生《やよい》三日
深川《ふかがわ》永代寺《えいたいじ》門前仲町《もんぜんなかちよう》料理茶屋　巽屋《たつみや》権八《ごんぱち》　十七両　享保七年葉月二十日

「どこもわっしが何度も顔を出したところばかりでねえ。なかなか手強《てごわ》いところばかりだ」

「大口は品川か」

「春扇楼は代替わりしましてねえ、親父が隠居して倅《せがれ》が店をやり始めたんだが、こやつがやくざ紛《まが》いの野郎でねえ。商いは繁盛《はんじょう》しているんだが、始末屋に払う金はないの一点張りだ」

「商売はうまくいっておるのか。となれば当たってみる価値はあるな」

と惣三郎が呟《つぶや》いた。

「金杉さん、駄目元《だめもと》で取り立てに行ってみますか」

「なんとかせねば荒神屋の苦境は好転せぬでな」

苦笑いした親方が請求の書付を四組揃えながら、

「一日では回りきれませんよ。うまくいこうと駄目だろうと、本日はここに戻ってくることはありません」

と言った。

「まず川向こうに参ろうかな」

「巽屋ですか」

と親方が首を傾《かし》げたが、その理由は告げなかった。

帳場を出ると作業場からとめが声をかけてきた。

「晦日《みそか》に手間賃は貰えそうかえ」

「これから掛け取りに参るが、なかなか厳しそうなところばかりでな」

「これから取り立てだと。泥棒捕まえて縄を綯《な》うような話だねえ」

「まあ、当てにせず待っておれ」

「米屋味噌《みそ》屋とだいぶ払いが溜《た》まっているんだよ。旦那、頼むよ」

「心得た」

大川端から霊岸島新堀《れいがんじましんぼり》に出て、豊海橋《とよみばし》を渡って永代橋が架かる御船手番所の前に出た。

昼前の刻限で、陽差しはぽかぽかと暖かだ。

長さ百二十間《けん》余（約二一六メートル）の橋にかかった惣三郎は、取り立ての口上《こうじよう》を考えようとしたがなにも浮かばなかった。

当たって砕けろ、それしか手はない。

橋を渡り切った惣三郎は大川の河口に向かって下り、深川富吉町《とみよしちよう》から町家へ折れ込んだ。町家の軒下で棒手振《ぼてふ》りの青物屋がかみさん連を集めて、商いをしていた。紙くず拾いが、

「くずいっくずいっ！」

と呼ばわりながら通りを行き、どこぞから家を建てる金槌《かなづち》の音が景気よく響いてきた。

福島橋《ふくしまばし》、八幡橋《はちまんばし》と運河に架かる橋をいくつか渡り、永代寺門前仲町に出た。

料理茶屋巽屋は永代寺にお参りに来た客を相手に川魚料理を食べさせる店だ。それが一年半前、貰い火で焼失してその後始末を荒神屋が請け負ったのだ。急ぎ始末というので惣三郎も手伝いに出たから場所は承知していた。

火事で焼けた町内だ。どこもが再建されて小奇麗《こぎれい》な町並みに変わっていた。

巽屋はなかなかの普請《ふしん》で、昼時分とあり客も入っていた。

惣三郎は玄関を避けて裏口に回った。すると裏木戸の前で若旦那風の男と娘が手を取り合って互いの顔を見詰めていた。

「おっ、これは失礼致した」

惣三郎の声に男女が、

ぱあっ

と手を離し、若旦那風の男が惣三郎を睨《にら》みつけると視線を娘に戻して、

「お糸《いと》ちゃん、またね」

と表通りへと姿を消した。

お糸ちゃんと呼ばれた娘は顔を赤らめる風もなく惣三郎を睨んでいた。

「これは邪魔《じゃま》を致した、相すまぬ」

「客の風体《ふうてい》じゃないわね」

「いかにも客ではござらぬ。巽屋さんに用事があってな」

「うちに、何の用事なの」

お糸は巽屋の娘のようだ。年の頃は二十歳《はたち》前後か、眉《まゆ》が吊《つ》り上がっていたがなかなかの美形だ。

「巽屋のお嬢様か、これは失礼申した。それがし、火事場始末荒神屋の者でな、一年半ばかり前に仕事をした手間賃を貰いに参ったのだ」

「なにっ、借金取りなの、うちにはお金なんぞないわよ」

「そうあっさりと申されるな。うちもこのところ仕事が舞い込まんでな、晦日の払いが厳しいのだ。主《あるじ》どのか、番頭どのにお目にかかりたいのだがな」

「お金の出し入れはうちのおっ母さんよ。駄目だと思うけど頼んでみたら」

お糸は意外にも惣三郎を木戸の中へと入れ、台所の戸を開いた。

料理茶屋の広い台所と土間では板前や女衆たちが俎板《まないた》や竈《かまど》の前で忙しそうに働いていた。

「おっ母さんはどこ」

とお糸が尋ねると、女衆の一人が、

「お嬢さん、帳場ですよ」

と答えた。

「こっちからお上がりなさいな」

お糸は板の間の端から惣三郎に命じた。それなりに心根の優しい娘のようだ。

「お邪魔致す」

惣三郎は高田《たかだ》酔心《すいしん》子兵庫《しひょうご》を腰から抜くと手にした。

男衆の一人が訊《き》いた。

「お嬢さん、なんですね、その侍《さむらい》は」

「借金の取り立てよ」

「侍の取り立てか、なんの取り立てです」

「一年半前の火事のときの始末料だって」

「火事場始末屋か、まず無理だな」

男衆は「無駄足を踏みやがって」という顔で惣三郎を見た。やはりなかなか手強そうな相手だ。

「商い繁盛のように見受けられるがな」

「入りはあっても出が激しいの」

お糸が言い、惣三郎を帳場へと案内した。

立派な神棚の前でお糸の両親が額《ひたい》を寄せて深刻そうに何ごとか相談していた。

「おっ母さん、借金取りよ」

「寝言をお言いでないよ、どこの借金取りに払う金子があるんだえ」

と顔を上げたのはお糸と面立ちが似た女将《おかみ》のおくまだ。

「お糸、帳場に上げたのかえ」

と惣三郎を見て、

「侍の借金取りとは珍しいね。どこのだれだえ、おまえさん」

と訊いた。

「火事場始末荒神屋の帳付けでな、金杉惣三郎と申す」

敷居際に座った惣三郎は懐《ふところ》から書付を出した。

「そんなもの出したって払う金子なんてないよ」

「台所も戦場《いくさば》のような忙しさ、商売繁盛と見受けたが、なぜ一年半も前の始末料が払えぬのだ」

ふうっ
と溜《た》め息《いき》を吐《つ》くと、

「お糸、茶を淹《い》れておくれ」

とおくまが娘に命じた。

「おまえさん、商いは大繁盛さ。だが、毎日の売り上げが右から左へと消えていくんだ。荒神屋さんに払いたくとも払えないのさ」

「飲み込めぬな」

「二本差しがわざわざ川を渡ってきたんだ。事情を話さなきゃあ、手ぶらで帰りもできまいね」

と言いながら煙草盆《たばこぼん》を引き寄せたおくまは煙管《きせる》に刻《きざ》みを詰めながら、

「火事で焼け出された後、この店を普請した。そんときさ、佃町《つくだちょう》の金貸し銭屋金兵衛《ぜにやきんべえ》に三百両ばかり借り受けたのさ。利息年七分、二年返済だ。これまでにすでに三百五十両以上を返したが、銭屋じゃあいまだ半金も返してないと言い出したのさ」

「女将さん、年七分なら元金と利息を合算して三百四十二両を払えばよかろう。期限もまだ半年は残っておる」

「それがさ、銭屋め、利息は月七分、一年半で利息だけで三百七十八両になると抜かしやがる。だから元金はまだ返してないと言うんだ」

「それは無法だな、お上に訴えればよかろう」

「この界隈《かいわい》の御用聞《ごようき》きは銭屋から鼻薬《はなぐすり》を嗅《か》がされてだれも取り合ってくれないのさ」

おくまがせかせかと長火鉢の炭火で煙草を点《つ》けた。

「お侍、銭屋は用心棒を何人も抱えてやがる。そやつらが毎晩店仕舞いする刻限に売り上げを取り立てにきて、銭箱から明日の仕入れを残して持っていきやがる」

「それはまた非道だな」

「非道もなにも力ずくだ、どうにもしょうがない。そのうち店ごと乗っ取られやしないかと今も旦那と話していたところだ。そんなわけで荒神屋さんに払いたくとも払えないのさ」

おくまはまた溜め息を吐いた。

惣三郎は腕組みして沈思《ちんし》した。

「まだ得心いかないかえ、侍さんよ」

お糸が惣三郎にも茶を淹れて差し出した。

「女将さん、ものは相談だ」

「なにさ」

「すでにそなた方は銭屋に元金利息を充分に返しておる。それがしが手伝いを致し、銭屋からこちらの証文を取り返したとしよう。さすればうちに一番で始末料を支払ってくれるかな」

「そんなうまいことができますかえ」

　それまで黙っていたお糸の親父の権八が顔を惣三郎に向けた。

「うちもこちらから始末料を払ってもらうもらわぬでは晦日が大違いだ。なんとか考えようではないか」

「おまえさん一人でそんなことができるかねえ」

　おくまが疑いの目で惣三郎を見た。

「ちと朋輩《ほうばい》に手助けしてもらう」

「その朋輩が手間賃をと言い出すんじゃないかえ」

「心配要《い》らぬ。朋輩とは南町奉行所同心《どうしん》どのだ」

「お上の手を借りようというのかえ」

　おくまが怯《おび》えた顔をした。

「いや、これはそなた方と銭屋の金銭の貸し借りの始末ということで決着をつけたい。もしも銭屋が面倒な騒ぎを起こすとなれば、わが朋輩どのに出馬してもらおう」

「だれが銭屋に駆け引きに行くんだねえ」

「それは旦那どのか女将さんだな」

「おれは御免だ。用心棒に殴られたり蹴《け》られたりするのはかなわん」

権八が尻込みした。

「私一人が行ったとしても銭屋は言うことなんぞ聞きませんよ」

「それがしが従う」

「おまえ様が」

「こちらも必死でな」

おくまは惣三郎の顔を凝視《ぎょうし》していたが、

「どうやら本気らしいね」

と呟いた。

二

その夕暮れ、おくまと惣三郎は富岡《とみおか》八幡宮前の堀に架かる蓬莱橋《ほうらいばし》を渡った。

「ほんとにおまえさんの知り合いの南町同心は来てくれるんだね」

おくまが心配げな顔で惣三郎を見た。

「心配無用だ、必ず参る」

惣三郎は巽屋の帳場で南町奉行所定廻り《じょうまわ》同心西村桐十郎《にしむらとうじゅうろう》に宛《あ》てて手紙を書き、巽屋の男衆に奉行所まで届けさせた。男衆は戻ってくると、

「西村様は町廻りに出ておりました」

と報告した。手紙は玄関番に預けてきたという。

夕刻まで待ったが西村が来る気配がないので、惣三郎はおくまを誘った。

「まずはわれら二人で出かけようか」

「大丈夫かえ」

「女将さんの顔を傷つけるような真似《まね》は銭屋にはさせぬで、安心なされ」

惣三郎が落ち着きはらっているので、おくまは少し安心したような顔をした。

だが、佃町の路地奥にある、黒板塀に連なる木戸の前に立ったとき、

「おまえさん、やっぱりよそうよ」

と言い出した。

「お互い首を括《くく》ることになりかねぬぞ。巽屋を銭屋に奪われてよいのか」

「そりゃあ困りますよ」

「銭屋のような阿漕《あこぎ》な男は店を乗っ取っただけでは済まぬ、お糸ちゃんを女郎屋に叩き売るくらいのことはしかねぬぞ」

「糞《くそ》っ！　銭屋金兵衛にそんなことはさせるものか」

　とおくまが吐き捨て、

「そんときゃあ、金兵衛の喉元《のどもと》に喰《く》らいついてやる！」

　と叫んだ。すると門の中から目付きの悪い男が出てきた。金貸しの奉公人というよりもやくざの子分といった風体をしていた。

「おくま、旦那の喉元に喰らいつくたあ、どういうこった」

「あら、寅《とら》さんじゃないかねえ」

　おくまが慌《あわ》てて笑顔を作った。

「おくま、今頃何の用事だ」

「私じゃないよ、用事はさ。この侍が金兵衛旦那に大事な御用だとさ」

　寅と呼ばれた男がじろりと惣三郎を見た。

「おめえはなんだ」

「川向こうの火事場始末屋でな、巽屋さんに始末料を頂きにきた者だ。その一件でちと銭屋金兵衛に相談があってな」

「旦那の名を呼び捨てにしやがったな。てめえ、礼儀も知らねえか」

「これはしまった。いかにも金兵衛と呼び捨てしたそれがしが悪い。許せ、金兵衛の子分どの」

「てめえ、喧嘩《けんか》を売りに来たか」

「いや、相談に参っただけだ。取り次いでくれぬか、金兵衛にな」

「この野郎！」

寅はいきなり惣三郎の頬げたを張ろうとした。その手首を摑《つか》んで、
くるり
と逆手にとった惣三郎が、
ぽーん！

放り出すと寅はとっとっとと前のめりに玄関先に倒れた。

「せ、先生！」

と寅が大声で喚《わめ》き、おくまも悲鳴を上げた。

「お、おまえさん、最初からぶち壊しだよ！」

「女将さん、案じられるな。これは駆け引きでな」

どどどっ
という足音が聞こえ、玄関の中から声が響いた。

「寅次《とらじ》、どうした」

「巽屋が用心棒を連れて押し掛けてきやがった！」

「寅さん、私の用心棒なんぞではありませんよ！」

おくまが金切り声を張り上げた。

格子戸《こうしど》が引き開けられ、三人の用心棒が姿を見せた。

一人は髭面《ひげづら》の浪人で塗りの剝《は》げた朱色の鞘《さや》の大刀を手にしていた。残りの二人は着流しの渡世人《とせいにん》といった恰好《かっこう》だ。

惣三郎は逃げ出そうとするおくまを引き止め、

「それがし、銭屋金兵衛に会いたいだけなのだがな」

と言いかけた。

「最前から旦那を金兵衛金兵衛と呼び捨てにしてやがんだ」

寅次が玄関先からよろよろと立ち上がり、用心棒に言った。

「どけ、寅！」

頰が殺《そ》げ、瘦身《そうしん》に血の臭《にお》いを漂わせた渡世人の一人が懐に片手を突っ込み、寅次を脇に押しやった。もう一人の巨漢は草相撲《くさずもう》上がりか、その場で四股《しこ》を踏んでみせた。

浪人剣客は二人の後ろでのっそりと惣三郎の様子を窺《うかが》いながら、刀の鯉口《こいぐち》を切った。

「おくまさん、端っこに寄っておれ。怪我《けが》をしてもつまらぬぞ」

巽屋の女将を玄関先の庭の端に移した惣三郎が、

「おいおい、こちらは相談事に参ったのだ。早まってはいかぬぞ」

と挑発するように顔の前でひらひらと手を振った。

「さんぴん、小馬鹿にしやがったな！」

その言葉に誘い出されたのは四股を踏んでいた巨漢だ。

「どすこい！」

と気合いを放つと低い姿勢で突進してきた。両脇につけられた腕が惣三郎に突き出された。

惣三郎は半身に開きつつ手首を取って捻《ひね》り上げると、突進してきた相手の力を利用して巨体を虚空に回してみせた。

大きな体が宙を派手《はで》に舞い、
どすん！

と玄関先の植え込みに落ちた。

痩《や》せた仲間が気配もなく惣三郎を襲った。

その手には匕首《あいくち》が煌《きらめ》き、その切っ先が惣三郎の腹部から突き上げるように伸びてきた。

惣三郎は切っ先との間合いを読みながら、後ろに上体を倒して自ら尻餅をつくように倒れ込んだ。

惣三郎の顔面すれすれを匕首が流れていく。

その手首を惣三郎が摑み、両足に相手の体を乗せて後方へと放り投げた。

惣三郎は投げた反動を利し、後ろにでんぐり返しをして立ち上がった。

どすん！

という音の後、
きゅっ
という呻《うめ》き声が惣三郎の後ろでした。

投げられた相手は木戸門の柱に体を打ちつけて長々と伸びていた。

「お、おまえさんたら……」

おくまが啞然《あぜん》として惣三郎を見詰めていた。

「なに、それがしは金兵衛に掛け合いにきただけだ」

「掛け合いもなにもあったもんじゃないよ」

「そうかのう」

惣三郎は浪人剣客を見た。

相手は惣三郎の動きを見つつ悠然《ゆうぜん》と刀を抜いた。

玄関の土間に、首に綿の入った晒《さら》しを巻いた年寄りが立った。後ろには銭屋の奉公人たちが固唾《かたず》を飲んで戦いを見守っていた。

「おくまさん、なんの真似だ」

「金兵衛さん、わたしゃ、知りませんよ」

おくまが慌てて手を横に振った。

「用心棒を連れてきて、知りませんですだと」

険しい顔でおくまを睨んだ金兵衛が、

「鏑木《かぶらぎ》先生、巽屋の用心棒を叩き斬《き》っておしまいなせえ、礼は存分に致しますよ」

無言で頷いた鏑木が抜いた剣を右の肩に立てて、
ぴたり
と止めた。

惣三郎は相手の腕前をなかなかのものと見た。素手で敵《かな》う相手ではない。

高田酔心子兵庫二尺六寸三分（約八〇センチ）を抜くと左前に切っ先を流して垂《た》らし、刃を鏑木に向けた。

秘剣寒月《かんげつ》霞斬《かすみぎ》り一の太刀《たち》の構えだ。

若き日々、豊後《ぶんご》相良《さがら》藩内を流れる番匠《ばんじょう》川の流れに浸《つ》かり、水面《みなも》に映る月を水中から斬り上げ、虚空から斬り下げて会得した剣捌《さば》きだった。
鏑木は地擦《じす》りに置いた惣三郎に対し、八双《はっそう》に取った剣をさらに高く突き上げると惣三郎に向かい、
すすすっ
と進んできた。
一気に間合いが切られた。
高々と突き上げられていた鏑木の剣が振り下ろされ、低い構えの惣三郎の体が鏑木の左手に流れつつ、酔心子兵庫が斜め上方へと振り上げられた。
おくまが、
あああっ
と悲鳴を洩《も》らし、金兵衛が、
「先生、殺《や》ってくれ！」
と叫んだ。
振り下ろされる剣と擦り上げられる酔心子兵庫が交錯《こうさく》した。寸余早く惣三郎の寒月霞斬りが相手の脇腹から胴を抜いて、斬り上げた。
うっ

とくぐもった声を上げた鏑木が前のめりに、
どさり
と音を立てて斃《たお》れ伏した。

惣三郎は虚空に振り上げた酔心子兵庫を数瞬そのままにしていたが、ゆっくりと刃を下ろし、金兵衛を見た。

銭屋金兵衛が言葉もなく立ち竦《すく》んでいた。

「銭屋、鏑木どのを医者に見せよ、加減しておるで早く血止めを致さば命は助かる」

「はっ、はい」

金兵衛の後ろから奉公人がばらばらと飛び出してきて、

「戸板だ」

「こっちの二人はどうする」

「そっちは気を失っているだけだ、放っておけ」

などと言いながら鏑木の傷口に晒し布を当てて戸板に乗せ、町内の医師の下へと運んでいった。

ちょうどそのとき、南町奉行所定廻り同心西村桐十郎と花火の房之助《ふさのすけ》の二人が銭屋の門前に立った。

るんですよ」

「お役人、ちょうどいいところに来なすった。うちが、巽屋の雇った用心棒に襲われてい

金兵衛が町方同心の姿に元気を取り戻した。

「おおっ、ご両者にご足労かけて相すまぬ」

酔心子兵庫を鞘に納めた惣三郎が話しかけた。

金兵衛が訝しい顔をした。

「銭屋、そなたの商いじゃがな、ちと阿漕《あこぎ》だのう。奉行所にもいくつか訴えが寄せられておる。それを調べていたんでな、ちと到着が遅くなった」

と西村の後段は惣三郎への言い訳を含めていた。

「ともあれ、奥で話を聞かせてもらおうか」

金兵衛ががくりと肩を落とした。

房之助はまだ長々と伸びている銭屋の用心棒二人に活を入れて、息を吹き返させた。

「やくざ者を飼ってまでやる金貸し商売だ。お上の定法に触れておることは確かだな」

西村桐十郎と花火の房之助の二人に睨まれては、さすがの銭屋金兵衛も言い返す言葉もない。青い顔で茫然《ぼうぜん》自失としている。

四半刻（三十分）後、惣三郎らは銭屋を出た。

最後に西村が、

「よいな、明早朝、町役人名主《なぬし》五人組同道の上、南町奉行所まで出頭致せ。違約致すと厳しい沙汰《さた》が待っておるぞ」

と念を押した。

金兵衛の顔から生色《せいしょく》は消え、なにをどうしてよいか分からぬ風情だ。

「銭屋、聞いておるのか」

「はっはい、お役人様」

と頷いた。

通りに出たところでおくまが、

「いやはや驚いたねえ、荒神屋の帳付けだというが剣術《やっとう》の腕はなかなかのものだよ」

と言い出した。

こちらは証文を取り返した上に、払い過ぎの利息十八両二分を手にして大満足の表情だ。すべて西村桐十郎が取り計らってくれたことだ。

「おくま、このお方がだれか知らないようだな」

房之助が苦笑いして言った。

「荒神屋の帳付けだろ」

「それは世を忍ぶ仮の姿よ。先に行なわれた老中水野《みずの》家での享保剣術大試合の審判を務められた金杉惣三郎様だぜ。吉宗《よしむね》様上覧の大試合で二席に入った若武者金杉清之助様はこのお方の倅《せがれ》様だ」

「へえっ、荒神屋はえらい侍を帳付けに雇っているんだねえ」

とおくまは感心した。

「審判とは、そんなにえらいのかねえ。風体はどう見たって貧乏侍だがねえ」

年来の気がかりが霧散《むさん》したおくまの言葉に惣三郎が高笑いした。

「なにはともあれ店に寄っておくれな、うちの料理をご馳走《ちそう》するよ。好きなだけお酒を呑《の》んでさ、櫓下《やぐらした》から女郎を呼びたければ若いのを何人でも呼ぶからさ」

「女将さん、それがしの用事は終わった。先ほどの約束は守ってくれぬか」

笑い終えた惣三郎が言った。

「荒神屋の支払いだろう。ここにさ、銭屋から取り戻した金子が十八両二分あるよ。これで支払っていいかねえ」

「だれから出た小判でも小判に変わりはない、ありがたい。うちの支払いは十七両だ。ほれ、うちの証文はここにある」

惣三郎は喜八親方が書いた一年半前の始末代の証文を差し出した。

「お侍、十八両二分、受け取っておくれよ」

「うちは十七両きっちり貰えればよいのだ。銭屋のように阿漕な商いではないからな」

「そうじゃないよ。荒神屋の親方に不義理をした償いだ、一両二分はこの一年半の利息と思っておくれよ」

おくまが惣三郎の手に押し付けた。

「よいのか、頂戴《ちょうだい》して」

「親方にはさ、おくまが礼に行くと言付《ことづ》けておくれよ。銭屋の借財さえ解決つけばさ、うちの店の客筋はいいんだ。明日から張り切って稼ぐからさ」

「大いにお稼ぎなされ」

西村桐十郎と花火の房之助は富岡八幡宮の船着場に猪牙を待たせていた。

「おくま、銭屋の商いを総ざらいに調べる上でおめえの証言がいるかもしれねえ。そんときは南町に出頭するんだぜ」

「私は五人組を同道しなくてていいんだろうね」

「おまえさんは一人で充分だ」

「ならばさ、お奉行様にさ、角樽《つのだる》を提《さ》げていくよ」

「白洲《しらす》に出るのに酒なんぞ持参するんじゃねえや」

と桐十郎が断わり、船着場に下りようとした。

「ほんとうに一杯呑んでいかないのかい、荒神屋の帳付けさんよ」

「女将さん、うちも助かった。この金子があれば晦日を乗り切れそうだ」

三人が猪牙に乗るまでをおくまが見送った。竿《さお》が船着場の石段を、
とーん
と突いて堀の真ん中に出た。

「西村さん、花火の親分、ご足労をかけた」

「なんのことはございませんよ。銭屋の評判がよくねえのを放っておいた奉行所の怠慢《たいまん》だ。いい機会であったと言いたいが、今日の具合だと結構泣かされている連中が出てきそうですねえ、もっと早く手を打つべきでした」

西村は銭屋の調べをきっちりとつけると約定した。

「それにしても金杉様が勘定取りに歩かれますんで」

房之助が訊いた。

「このところ火事もなく荒神屋には仕事も舞い込まぬ。八丁堀の湯屋に焼けぼっくいを売っても人足の給金も出ぬでな。親方が頭を抱えておられるのだ。そこでな、駄目で元々と

長いこと引っかかっておる得意先を歩き始めたところだ」

「ということはまだございますので」

「あと三つばかりある。そのうち一つでも取れると晦日が楽なのだがな」

「金杉様もさることながら、喜八親方もあんまり商いはうまくねえからな」

と房之助が苦笑いした。

「親分、この三つはそれがし一人で片をつけるでな、ご両人を煩《わずら》わすことはあるまい」

「金杉様の行き先はどこも風雲渦巻《うずま》いておりますからね。さて、どうですか」

房之助が疑いのこもった表情で首を傾げた。

三

翌朝、惣三郎は老中水野忠之《ただゆき》の屋敷に剣術指南に出向き、その帰りに浅草猿屋町の火口《ほくち》卸《おろし》問屋、大黒屋に回ることにした。

火口卸問屋とは火を熾《おこ》す道具の火口、火打石《ひうちいし》、火打鎌《ひうちがま》、付《つ》け木《ぎ》などを扱う問屋だ。

江戸時代、火をつけるのは大仕事だった。

火口箱に入れた火口殻の上で、火打鎌と火打石を打ち付けて出る火で火口に燃やし、その火を硫黄《いおう》が付いた付け木に移し、さらに竈《かまど》の下の小割《こわり》などを燃やすというように大変な手間がかかった。

このような道具や、袋に詰めた黒い綿のような綿火口を取り扱うのが火口卸問屋だ。二年前、大黒屋は火を出して焼失した。何しろ商いが商いだ、火が広がる材料には事欠かない。そのせいで、町内一帯に燃え広がり、猿屋町だけで消し止められたのは奇跡だと評判になった。

近くに御米蔵が建ち並び、そこに火が入ってはならじと町火消し、定火消し、さらには札差《ふださし》の奉公人たちが大勢駆《か》けつけて消火に当たった。ともあれ一町内を焼失しただけで沈火した。

荒神屋では大黒屋孫三郎方の後始末を請け負った。

燃え方が激しく、後始末もさほど時間はかからなかったが、支払いが遅れに遅れた。むろん喜八親方も小頭の松造も何度も掛け取りにいったが、

「もうしばらく待ってくれ」

「師走にはすっきり清算する」

などと言い訳されて十一両の払いがそっくり残っていた。

惣三郎は、御米蔵七番堀の前から御蔵前《おくらまえ》通りを横切って、西に掘り割られた運河沿いに

猿屋町に入っていった。だが、どうしても火口卸問屋の大黒屋孫三郎の看板を見つけることができなかった。

「おかしいな、この辺のはずだが」

惣三郎は障子戸に猿床《さるどこ》と書かれた床屋に入っていった。

「へえっ、いらっしゃい」

と暇を持て余していた風の親方が声を張り上げた。

「すまん、客ではないのだ。ちとものを尋ねたい」

「道に迷われたか、お侍」

「ここいら辺りに火口卸の大黒屋があるはずだがな」

「火口屋かえ、潰《つぶ》れたぜ」

とあっさりとした答えが返ってきた。

「なにっ、潰れたとな」

「ああ、おまえさん、火口屋になんぞ買いに来られたか」

無聊《ぶりょう》を持て余していた親方がさらに問う。

「そうではない。うちは火事場始末の荒神屋でな、二年前に火事場を整地した代金がそのまま残っておるのだ。行き先を知らぬか、親方」

「あらら、お気の毒だが取りっぱぐれたぜ。夜逃げ同然で町内を立ち退《の》いたんだ。この界隈に迷惑のかけっぱなしでな、どこへ逃げたか行方を知るものはいないよ」

「親方、いつのことだ」

「半年も前かねえ、一人ふたりと奉公人が辞めていき、家族だけになったと思ったら夜逃げだ」

「代々の火口卸問屋と聞いたがな、なぜ夜逃げをする羽目に陥ったのであろうか」

「当代の孫三郎さんの人柄が悪いやねえ。自分ちから火を出しておきながら、おまえさんとこに火事場の始末を真っ先に頼み、店も建て直した。貰い火をしたご町内にはまともな挨拶《あいさつ》も詫《わ》びもなしにだ。てめえのとこだけ店を建て直して、さあ、商いですと言ったところで、だれが火口を買いにいく。段々と近所との付き合いがなくなってよ、ついに客足も途絶《とだ》えた。この界隈の酒屋、米屋、油屋とどこもが火口屋に引っかかっていらあ。孫三郎や家族が野垂れ死にしたと聞いたところでだれも鼻もひっかけめえよ」

「建て直した家作はどうなったな」

「そこだ」

　と親方が惣三郎の立つ表に出てきた。

「見な、あれが大黒屋孫三郎の店だったところだ」

猿床の親方が指差した先は惣三郎が何度も通ったところだった。

間口十間（約一八メートル）ほどか、二階屋の堂々とした店構えだが看板も外されて表戸が閉じられていた。

「大工も左官もまだ半分ほど普請代が残っているそうだぜ。それにもかかわらず孫三郎は、店を富沢町《とみざわちょう》の古着屋見張屋《みはるや》に叩き売って逃げたんだ。大工の親方はよ、まだ普請代を半分しか受け取ってねえから店を押さえると、新しい持ち主の見張屋に談判しておられるがさ、お白洲で白黒つけるしかあるまいよ」

「うちは十一両をどこにも請求できぬのか」

「見張屋が払ってくれるとも思えねえな」

親方は言い切った。

「これは困った」

惣三郎はどうしたものかと、思案の顔をした。

「髭《ひげ》でも当たっていかねえか、さっぱりするぜ」

「掛け取りは駄目、その代わりに床屋で髭を当たられるか」

「なにかの縁だぜ」

惣三郎は髭面を撫《な》でて、腹を決めた。

「験直しに髷《まげ》も結《ゆ》い直してもらおうか」

「そうそう、そうこなくちゃ掛け取りもうまくいかないって」

惣三郎は大小を腰から抜くと親方が指差した座布団の上に座った。まず髷が解かれ、梳《す》き櫛《ぐし》で梳かれた。頭皮が刺激されて気持ちがいい。稽古疲れもあってか、うとうとと眠り込んだ。

「金杉さん」

という声に目を開けると昨日世話になったばかりの西村桐十郎が立っていた。後ろに小者を従えているところを見ると町廻りの最中のようだ。

(そうか、西村どのの縄張り中か)

「昨日は厳《いか》い世話になった」

「このようなところに馴染《なじ》みの床屋がございましたので」

「いや、そうではない」

桐十郎に事情を告げた。

「なんとまあ、他の掛け取り先は大黒屋でしたか。昨夜のうちに知っておれば無駄足を踏ませなかったものを」

と桐十郎が嘆息した。

「西村の旦那、ほんとにこのお侍は掛け取りですかえ」

床屋の親方は惣三郎を疑っていたようだ。

「正真正銘《しょうしんしょうめい》の掛け取りだ」

と答えた桐十郎が、
おおっ！

となにかを思い出したように叫んだ。

「親方、このお方をおまえさんは承知だぜ」

「おれが承知だと」

猿床の親方が惣三郎の顔を覗《のぞ》き込んだ。

「覚えがないがねえ」

「金杉惣三郎様と聞いても覚えはねえか」

「あるもねえもねえぜ。先の上覧試合の審判のお一人でよ、活躍なされた金杉清之助様のお父っつぁんだ」

「おめえが髷を直しているお方が金杉様だ」

「驚いたねえ、この侍が剣術の達人かえ」

親方がまた惣三郎の顔を仔細《しさい》に見て、

「人は見かけによらないというが貧乏侍が当代一の剣客かえ」

「荒神屋の帳付けも質素ななりも、金杉様が栄達を求められない証拠だと思わぬか」

「確かにな、金杉惣三郎様ならさ、どこの大名家でも三千石や四千石ですぐにも召し抱えようじゃないか。それがさ、火事場始末の帳付けだとよ。その上、支払いの滞った掛け取りにきて十一両を取りっぱぐれたとはな、気の毒を絵に描いたようだぜ」

よし、と叫んだ親方が、

「金杉様よ、今日の髪結代はただでいいぜ」

と言いながら元結《もとゆい》を口に咥《くわ》えて髷を纏《まと》め始めた。

「金杉さん、大黒屋は諦《あきら》めるしかございませんね」

「喜八親方がさぞがっかりなされような。残りの二件を大車輪で回ろう、なんとか大黒屋の分を取り戻さぬとな」

西村の言葉に惣三郎が応じ、

「精々《せいぜい》頑張って下さい」

と激励して友は町廻りに戻っていった。

惣三郎が代金を支払うと申し出たが、猿床の親方はがんとして受け取らなかった。

「金杉様よ、これをご縁にさ、時にこの近くに来たらうちを覗いてくんな」

「手間をかけさせて申し訳ないことをした」

「なあに、うちが十一両を逃したわけじゃないや」

親方がさっぱりとした惣三郎を店の外まで送ってくれた。

惣三郎はその足で御蔵前通りを浅草御門の方角へと戻り、両国西広小路《りょうごくにしひろこうじ》から薬研堀《やげんぼり》に出、御家人屋敷が軒を連ねる町を抜けて、入堀《いりぼり》に架かる小川橋《おがわばし》を渡った。

三件目の掛け取りは吉原《よしわら》旧地住吉町の履物《はきもの》問屋下野屋万五郎の七両だ。

下野屋は二年数ヶ月前に貰い火をして店、住まいを燃やし、荒神屋が始末を請け負った。敷地が広く、蔵の取り壊しなどがあって手間がかかり、二十五両の請求がなされた。半年後から二両、三両と返済を受け、今も七両が残っていた。

下野屋は見事に商いを立て直したのだが、娘二人を次々と嫁にやり、その仕度に大金がかかったとかで、最後の七両の支払いが滞ったのだ。

惣三郎が下野屋の店頭に立ったのは昼の刻限だ。

小売店や天秤《てんびん》棒を担いでの触れ売りの下駄屋に品を卸す問屋だけに、鼻緒の挿《す》げられた庭下駄や吾妻《あずま》下駄、ぽっくりなどがうずたかく積んであったり、鼻緒のまだ挿げられていない高下駄が乱雑に竹籠《たけかご》に突っ込まれていたりした。

店には番頭風の男がいて、その傍《かたわ》らでは職人が鼻緒を挿げていた。

「御免」

惣三郎は初めての店先に立った。

「へえっ」

と鼻の頭にずらした眼鏡《めがね》を掛け直した番頭が惣三郎を見た。

「番頭どのだな」

「いかにもさようでございます」

「それがし、火事場始末荒神屋の帳付けだが、本日は二年も前の始末料の残りを頂戴に参ったところだ。うちの懐具合もちと苦しいで、残りの七両をなんとか今日にも支払っては頂けぬか」

番頭がじいっと惣三郎を見た。

「確かに荒神屋さんには残金がございましたな。もう半年以上も請求に来られぬので、ちゃらになされたかと思うておりました」

「ちゃらにするほど余裕はないのだ、うちも」

「困りましたな、うちもこのとおり閑古鳥《かんこどり》が鳴いておりましてな、帳箱にあるのは銭ばかりです」

「これだけの大店だ、蔵に小判が唸《うな》っておろう。そこから七両ほど融通《ゆうずう》してくれぬか」

惣三郎も大黒屋の十一両を取りはぐれているので必死だ。

「困りましたな」

「ともかく主《あるじ》どのと相談してくれぬか」

眼鏡の番頭が致し方ないという顔で立ち上がり、

「あまり当てにしないで待って下さいな」

と奥に姿を消した。しばらくすると旦那然とした羽織の男と一緒に戻ってきた。

「ご苦労様にございます。私が主の万五郎でしてな」

「ご丁寧《ていねい》な挨拶《あいさつ》いたみいる」

万五郎は惣三郎の風体をじいっと見ていたが、

「荒神屋さんには先の享保剣術大試合の審判、金杉惣三郎様がお勤めと聞いておりましたが、もしや金杉様ではございませぬか」

「いかにもそれがし金杉惣三郎にござる」

やはり、と応じた万五郎は、

「金杉様ほどの人物が掛け取りに参られたのです。手ぶらで帰すわけにはいきませぬな、番頭さん」

「旦那様、うちも内所が苦しゅうございます」

「そこです、番頭さん。宇田川町《うだがわちょう》の旅籠《はたご》参州屋《さんしゅうや》さんにだいぶ掛けが溜まってましたな」

「はいはい。年来の品代が十三両二分一朱《しゅ》と大口です」

「番頭さんが金杉様に同道し、なんとか参州屋からうちのつけを受け取り、その中から七両を支払うというのではいかがですかな」

「参州屋の支払いは渋《しぶ》うございます。さりながら私と金杉様の二人で雁首《がんくび》そろえて伺《うかが》えば七両くらいはなんとかしてくれましょう」

「番頭さん、うちの手間賃が出るように全額支払って貰いなさい」

万五郎に激励された番頭が外出の仕度を整えるために奥に下がった。

「主どの、助かった」

「まだ手にしたわけではございませんぞ、金杉様」

と答えた万五郎は、

「倅どのはどうしておられますな」

と清之助のことに触れた。

「ただ今回国修行の最中にございましてな、大和《やまと》国柳生《やぎゅう》の庄《しょう》に逗留《とうりゅう》しておるとの便りがありました」

「ほう、柳生本家におられるか。それは一段と腕を上げて戻ってこられよう」

万五郎は剣術好きか、そんなことまで言った。

そこへ番頭がお待たせしましたな、と姿を見せて二人肩を並べ、住吉町から日本橋《にほんばし》に出ると東海道を南に向かった。

「番頭どの、宇田川町の参州屋なら盛業中の旅籠だ。そちらのつけも綺麗《きれい》さっぱりと支払って頂けような」

「金杉様は参州屋をご存じですか」

「それがし、芝七軒町《しばしちけんちょう》の長屋に住んでおるでな、宇田川町はご町内のようなもの、よう承知だ」

参州屋は東海道を上り下りする旅人が泊まる旅籠で、店の一角で小田原提灯《おだわらぢょうちん》、ちり紙、携帯の木枕《きまくら》、蠟燭《ろうそく》、手甲脚絆《てっこうきゃはん》、雨合羽《あまがっぱ》など旅の諸道具を並べて売っていた。

惣三郎はその前を通るたびに客の出入りする様子を見ていた。

「儲《もう》けているところほどしわいものでしてな。品物の注文は厳しい割りに払いは後へ後へと遅れがち、上得意とは言い難《がた》いお店です」

「それは困ったぞ」

参州屋は客を送り出し、まだ新たな客を迎えるには早い刻限でどことなくのんびりとしていた。だが、店の内外ともに綺麗に清掃が行き届き、きっちりとした商いぶりを窺わせた。

「御免下さいな」

と客を迎えるために広くとられた土間で下野屋の番頭が声を張り上げると、参州屋の主の千右衛門《せんえもん》と番頭の百蔵《ひゃくぞう》が姿を見せた。

「おや、下野屋さん、本日はお日柄もよろしゅうございますな」

そう言いながら千右衛門が訝しそうに惣三郎を見た。

「そなた様は冠阿弥《かんあみ》様の家作にお住まいの金杉様ではございませぬか」

「いかにも金杉惣三郎にござる」

「またどうして下野屋さんの番頭どのに同道なされておられるので」

それが、と惣三郎は事情を話した。すると千右衛門が、

「下野屋さん、えらいお方を掛け取りに同道なされましたな。うちは冠阿弥様には常々《つねづね》世話になっております。その冠阿弥様と家族付き合いの金杉様のお目見えです。払わぬわけにはいきますまい」

と番頭の百蔵を見た。

下野屋の番頭がすかさず証文を出した。

「金杉様、そちらが下野屋さんから受け取る金子はいくらですかな」

「七両だが」

「ならば番頭さん、七両を下野屋さんにな」

「それは困ります。こうして番頭の私がご案内して来たのです。千右衛門様、番頭さん、うちの払いをまずさっぱりさせて下さいな」

と下野屋の番頭も食い下がった。

「主どの、それがしからも頼む。なんとか下野屋の払いを願いたい。そうしなければそれがしも受け取りづらいでな」

惣三郎が頼むと千右衛門が苦々しい顔をして、

「ほんとうに下野屋さんはえらいお方を伴ってこられましたよ」

と言いながら全額の支払いを番頭に命じた。

参州屋の土間で参州屋から下野屋に十三両二分一朱が支払われ、その中から七両が惣三郎の手に渡った。

下野屋の番頭がにっこり笑って、

「金杉様、参州屋さんに掛け取りに参るときはこれからも同道してくれませぬか」

と惣三郎に言い、参州屋千右衛門がますますいまいましそうな顔をした。

四

三件の掛け取りに出て、二件から合わせて二十五両二分を受け取っていた。

最後に大物、品川宿の春扇楼が残っていた。ここは一件で二十八両一分と代金もそっくり残っていた。それも四年半も前の支払いだ。

刻限はすでに八つ半(午後三時)を大きく過ぎ、昼餉を抜いて腹も空いていた。

北品川と南品川を分かつ目黒川《めぐろがわ》に架かる中ノ橋《なかのはし》に立った惣三郎は、まず腹ごしらえをすることにした。それに喉もからからに渇《かわ》いていた。

六郷《ろくごう》の渡しを越えて江戸入りしようとする旅人がちょうど品川宿に差し掛かる刻限でもあり、南からやってくる人々で橋の上は賑《にぎ》やかだ。

掛け取り先の春扇楼は和銅《わどう》二年(七〇九)、貴布禰《きふね》明神を勧請《かんじよう》して南品川の鎮守《ちんじゆ》とした貴船明神社、この界隈では荏原《えばら》神社と呼ばれる神社の鳥居横にあった。

そこで惣三郎は貴船明神社の鳥居と春扇楼が見える一膳飯屋に入った。

飯屋は品川の海が荒れた折など土地の漁師が集まって酒を呑んだり、ときに小便博奕《ばくち》を行なったりする煮売酒場も兼ねているようだ。

この日、海も穏やかで空も晴れていた。

漁を終え男たちがサイコロ博奕に興じながら酒を呑んでいた。それを見ていた小僧が、

「いらっしゃい」

と気のなさそうな声を上げた。

「菜はなんでもよい、飯を食べさせてくれぬか。それと酒をくれ」

惣三郎は漁師たちの気ままの暮らしに誘われて酒を頼んだ。

「へえっ」

小僧がのろのろと台所と店の境に掛けられた縄暖簾《なわのれん》の奥に消えた。

酒がまず大徳利《おおどつくり》で運ばれてきた。大ぶりの盃《さかずき》に注《つ》いで口に運ぼうとすると、
ぷーん
と芳醇《ほうじゅん》な香りが漂ってきた。

「おや、これは上酒かな」

惣三郎の呟きに、これもまた煙草を吸いながら博奕を見ていた年寄りの漁師が陽に焼けた顔を向けた。

「旦那、漁師が集《つど》う店だ。小汚いが酒、肴《さかな》だけは奢《おご》っているぜ」

頷いた惣三郎は盃を口に運び、舌先で味わい、ゆっくりと喉に落としてもう一度、

「ふうっ、申されるとおりこれは美味《うま》い」

　と嘆声を上げた。

「嘘なんぞ言うものか」

　と老漁師が応じた。

「旅の人間じゃねえな」

「芝七軒町住まいだ」

「女郎を買いにきて間を繋ごうって寸法か」

「その年は過ぎたな、掛け取りにきた」

「侍の借金取りだと、相手は漁師か」

「うちは火事場始末屋でな、四年も前に焼けた楼の始末料を頂きに参った」

「なんだ、春扇楼か。そりゃあ無理だぜ、旦那」

「代替わりして倅どのが主らしいな」

「ああ。親父が元気なころは、ぐれてこの界隈のやくざ、寺前《てらまえ》の八兵衛《はちべえ》一家の兄い気取りでのし歩いていたがさ、火事騒ぎの後、親父の成左衛門《せいざえもん》がよいよいになっちまってよ、家に戻ってきやがった。親父はまあまあまともな女郎屋商売をしていたがねえ、倅の左太郎《さたろう》はいけねえや。女郎にたきつけて客に懐の金子を使い果たすまで飲み食いさせ、床入りさせて、文無しになると楼の外に放り出すような商いだ。なんぞ文句をつけようものならば、寺前の八兵衛の入墨者《いれずみ》が脅しにかかって、殴る蹴るの乱暴だ。まず土地の人間は近付かねえ」

と事情を話してくれた。

「そんなに酷《ひど》いか」

「酷いな、土地の御用聞きも鼻薬を嗅《か》がされているからよ、訴えがあってもおざなりの調べで打ち切りだ。なにしろ客は江戸の人間じゃねえや、最後は泣き寝入りで終わりだ」

「となると掛け取りも尋常にはいかぬか」

惣三郎は呟き、

「なんぞ思案がいるな」

と洩《も》らした。

「旦那、思案もなにも相手は腕ずくだぜ、近付くのは止《や》めておきな。寺前の八兵衛一家には、さ、常陸《ひたち》生まれの剣術家珠洲村凶四郎《すずむらきようしろう》という気味が悪い用心棒がいらあ。こいつが滅法《めつぼう》腕の立つ侍でさ、人殺しは一人ふたりでは済むめえって噂だぜ」

と告げた老漁師が煙管《きせる》を突き出して、

「ほれ、あそこから帰ってきたのが春扇楼の左太郎で、後ろから従うのが疫病神《やくびようがみ》の剣客だ」

　と教えてくれた。

　左太郎はちゃらりとした光り物の長羽織を着て、珠洲村凶四郎は黒小袖《こそで》の着流しだ。その腰には反りの強い大刀が一本だけ差し込まれていた。

「あれでさ、懐に飛び道具の刃物を隠しているって話だぜ。六、七間（約一〇・八～一二・六メートル）の間合いなら、まず的を外すことはねえそうだ」

「そいつは剣呑《けんのん》だ」

「だから、掛け取りなんぞは諦めるんだな」

「うちもこの晦日が厳しいんだ。そう簡単に引き下がるわけにはいかぬのだ」

「命あっての物種《ものだね》だと思うがねえ」

　と老漁師が忠告した。

　そこへ味噌漬けの鰆《さわら》の焼き物、油揚げとひじきの煮物に浅蜊《あさり》の味噌汁と丼飯《どんぶりめし》が運ばれてきた。

「これは美味そうな」

　惣三郎は残った酒を飲み干すと箸《はし》を握った。

「侍さんよ、それがこの世の最後の飯にならねえようにさ、早々に奉公先に帰るこったぜ。取り立てがうまくいかなかった言い訳ばさ、嘘も方便と言わあな、なんでも話をこさえな」

「そうできると楽なんだがな」

と言いながら惣三郎は、土地の漁師が酒と肴は奢っているといった言葉が間違いないことを舌先で確かめていた。

「ふうっ、美味かった」

サイコロ博奕にけりがついたか、漁師たちから溜め息が洩れ、

「磯松《いそまつ》、酒だ」

と小僧に新たな注文がされた。

「お侍、丈吉《じょうきち》父っつぁんの言うことは大袈裟《おおげさ》ではねえ、今の春扇楼は近付かないほうが賢いぜ」

と若い漁師の一人が言った。

「おれのダチ公に八兵衛の子分に殴る蹴るの乱暴を受けてさ、腰が抜けて船にも乗れなくなったのがいらあ。腹は立つが、寺前の野郎どもがいるんでねえ」

「用心してかかろう」

「なにっ、これだけ言っても掛け取りにいく気か」

「二十八両一分の大口だ。それに四年半も前の火事。女郎が二人か三人逃げ遅れて死んでもいる。その始末をつけたのもうちの人足だ。それを一文も払わないのはちと阿漕過ぎる」

「それは分かるがよ」

惣三郎は飯と酒の代金を払い、高田酔心子兵庫を腰に戻した。

「旦那、剣術《やっとう》はどうだ」

「まあそこそこだ。だが、喧嘩にいくのではないわ」

「いいかえ、珠洲村が出てきたら恥も外聞も忘れるこった。早々に尻に帆《ほ》かけて退散しなせえよ」

「そう致そう」

惣三郎は漁師たちに見送られて、貴船明神社の横にある春扇楼の前に立った。間口十三間（約二三・六メートル）、総二階の堂々たる飯盛り旅籠、その実態は遊女屋であった。格子の中から女郎たちが顔を突き出した。若い娘ばかりが、惣三郎の恰好を見定めていた。

門口《かどぐち》に盛り塩がなされ、春扇楼と染め出された布暖簾の陰から遣《や》り手が顔を出し、

「客とも思えないねえ」

と惣三郎を品定めした。

「客ではない。掛け取りだ」

「掛け取りだって、裏口に回りな。ただし手足の一本二本折られる覚悟でな」

「命掛けだな」

「ここをどこだと思っているんだえ。地獄の一丁目だよ」

「極楽町《ごくらくちょう》と思ったが」

「それは客の話だ」

「代替わりして阿漕な商売をしているそうだな」

「おめえさん、喧嘩に来たのかえ」

惣三郎は遣り手の傍らを強引に擦《す》り抜けた。広い土間にはすでに明々と行灯《あんどん》が点《とも》され、そこが並みの旅籠ではないことを示していた。柱も梁《はり》も一尺（約三〇センチ）角はありそうな立派な杉材だ。

「御免下され」

惣三郎の声に遣り手が奥へと飛んでいった。

板の間の床はぴかぴかに磨かれて、長火鉢に鉄瓶《てつびん》が掛かってちんちんと湯気を立てていた。

「口開け早々掛け取りだと、縁起でもありませんよ」

一応番頭のなりをした男が遣り手と一緒に姿を見せた。

「おまえさん、掛け取りだって。表口と裏口の判断もつかないのかえ」

「これはしまった、番頭さん。裏口はどちらかな」

番頭がじろりと惣三郎を睨み、

「まあ、いいや。どっちにしろ覚えのない掛け取りだ」

「それがし、四年半前の火事騒ぎの折、この旅籠の後始末をした荒神屋の帳付けでな、あの折のお代が二十八両一分とそっくり残っておるのだ。すまぬがなんとかけりをつけてくれぬか、番頭さん」

「荒神屋だって。小頭の松造にさ、そいつは先代の借財で当代とは関わりがないと懇々《こんこん》と言い聞かしてあるよ。そんなもん終わった話ですよ」

「そうはいかぬ、番頭さん。先代は当代の親父どのではないか。商いも店もそっくり受け継いでその言い草はなかろう」

「おまえさん、話が分からないねえ」

「分からないのはその方だぞ」

「痛い目に遭《あ》わないと得心できないのかえ」

番頭が本性を現わして大声を上げると、階段裏辺りで待機していたやくざ者がばたばたと飛び出してきた。

五人の男たちが土間に飛び降りて惣三郎を囲んだ。

「おや、春扇楼は飯盛りだけかと思うていたが野犬も飼っておるのか」

「言いやがったな」

兄貴分が両手を袖に入れて派手な仕草で、
ぱあっ
と諸肌を脱いだ。晒しに突っ込んでいた匕首《あいくち》を抜いて拳《こぶし》に唾《つば》を吐きかけた。

二の腕から背に般若《はんにゃ》の彫り物が覗いた。

「勇ましいな」

惣三郎は戸口に立てかけてあった心張棒《しんばりぼう》を摑んだ。

「こやつ、最初からやる気だぜ」

般若の兄貴分が仲間に言うと、

「かまうこっちゃねえ、突き殺して品川の海に叩き込め」

「七《しち》兄い、もう客が入る時分だ。さっさと始末をつけておくれよ」

番頭が言いかけた。

その言葉が合図となったように、惣三郎の左手にいた男が長脇差を構えて突っ込んできた。隙《すき》だらけの突進で、惣三郎の心張棒が一閃《いっせん》すると、肩口を叩かれた相手は土間に潰れるように倒れ込んだ。

「やりやがったな！」

七兄いが匕首を腰だめにして惣三郎に襲いかかった。

惣三郎の棒が突き出され、般若の兄いの喉元を突き破り、兄いは両足を大きく上げて背中から土間に叩きつけられた。

げえぇっ！

行灯の明かりに血飛沫《ちしぶき》が散るのが見え、残りの仲間が惣三郎を囲んだ。三度心張棒が振られ、ばたばたと残った仲間が土間に転がった。

格子の中にいた女郎が叫び声を上げ、一膳飯屋から様子を窺っていた漁師たちが楼の前に走り寄ってきた。

「さてと、番頭さん」

惣三郎の言葉に番頭が呆然《ぼうぜん》として立ち竦《すく》んでいた。

「左太郎の旦那を呼んでくれぬか」

「それには及びませんよ」

のっぺりとした細面の春扇楼の主、左太郎がぞろりとしたなりで姿を見せた。

その背後にひっそりと珠洲村凶四郎が従っていた。黒塗りの剣を腰に差し、右手を袖から懐に入れていた。

「番頭さん、こやつはだれだえ」

「旦那様、火事場始末の荒神屋の掛け取りだそうで」

と番頭が畏《かしこ》まった。

「いかにもさようにござる。四年半前、抱え女郎の焼死体の始末までさせられたにもかかわらず、一文も支払いはない。ちと世の中の仕来《しきた》りに反しておると思わぬか」

「親父の代の支払いは私には関わりがないんでね。よいよいの親父に掛け合いな」

「左太郎、女郎屋商いから家屋敷までそっくり引き継いで、その言い訳は通らぬ。その方らが阿漕な商売をしておると品川宿でも困っておるようだな」

「荒神屋め、訳の分からぬさんぴんを寄越したようだ」

と呟いた左太郎が、

「先生」

と珠洲村に呼びかける。

「左太郎、先ほどは寺前の子分、今度は用心棒と動かすようではいよいよ二十八両一分に四年半の利息をつけて払ってもらうことになる」

「抜かせ」

珠洲村がのっそりと土間に下りた。

「ちとここでは狭いな、表に出ようか」

惣三郎は心張棒を手に表に出た。

「旦那、大丈夫か」

外に出ると、一膳飯屋で話しかけてきた老漁師が訊いた。

「まだ己の足で立っておる」

「呆《あき》れたねえ」

惣三郎はくるりと振り向くと珠洲村の登場を待った。

屋号を染め出した暖簾を分けて珠洲村が姿を見せた。両の眉の間が異常に離れ、細い両眼は目尻で切れ上がり、血走っていた。

「そなたの流儀を聞いておこうか」

「無住心剣流《むじゆうしんけんりゅう》」

ぼそりと珠洲村が答えた。

「ほう、針ヶ谷夕雲《はりがやせきうん》どのの系譜か」

惣三郎の言葉に珠洲村凶四郎の両眼が光った。

「旦那の流儀はなんだえ」

と問うたのは老漁師だ。

「それがしか、直心影流《じきしんかげりゅう》をかじった」

「かじった程度かえ。名はなんだ」

惣三郎と老漁師の問答の間に珠洲村の懐の手がなにかを摑んだ。飛び道具の刃物の柄か。

「金杉惣三郎だ」

「な、なんと名乗られたな。おまえ様、享保の大試合の審判かえ」

「いかにも」

「若武者金杉清之助様のお父っつぁんかえ」

「いかにも」

珠洲村凶四郎の身が捻《ひね》られ、袖から右手が出た。

きらり
と細身の短剣の切っ先が光り、惣三郎に向かって投げ打たれた。

惣三郎には予測された動きだった。

心張棒が躍ると片手殴りに飛来する刃物を飛ばした。

それをまた珠洲村も予想していたかのように一気に間合いを詰めてきた。

惣三郎は飛び道具を跳ね飛ばした心張棒を捨てると、その片手が躍って高田酔心子兵庫を抜き放ちつつ、踏み込んだ。

互いの鞘から抜き打たれた刃が円弧を描いて光に変じ、
ちゃりん
と鳴って火花を散らした。

珠洲村図四郎も惣三郎も刀を交えた場から動かず二の太刀を出し合った。

珠洲村は顔面の前に剣を立て、惣三郎は斜めに斬り上げた酔心子兵庫を虚空で捻ると振り下ろした。

再び同じ斬り下ろしで攻め合った。

「金杉様」

老漁師が思わず名を呼んでいた。

一見緩慢《かんまん》に思えた惣三郎の斬り下げが動きの途中で加速して、珠洲村の広い眉間《みけん》に血筋を描いた。

珠洲村の両足の膝《ひざ》が、

がくん

と落ちて、その姿勢のままに惣三郎の前で膝を突き、しばらくその恰好で止まっていたが、

ふわっ

という感じで横倒しに崩れていった。

漁師らが喜声を上げた。

惣三郎の血刀がゆっくりと回され、左太郎に突きつけられた。

「さて、そなたに四年半も前からの未払い金を請求せねばならぬ。承知してもらえような」

左太郎の細面ががくがくと上下した。

「漁師どの、春扇楼の左太郎も話せば分かるようだぞ」

老漁師に話しかけながら、惣三郎は高田酔心子兵庫に血振りをくれて鞘に納めた。

第二章　結衣《ゆい》の失踪

一

惣三郎が二日ぶりに大川端の荒神屋に出ると、小頭の松造が、

「肥前屋め、十七両二分と値切った挙句に三度の分割払いだと六両しか寄越さないんだよ」

と悲鳴のような声を上げた。

「この月末の給金はなしだぜ」

「そうかのう」

「そうかのうとのんびりしたことでいいのかえ。しの様もお困りであろうが」

「まあなんとか親方が考えて下されよう」

「ない袖は振れない道理だぜ。金杉の旦那も見込みのねえ取り立てにいって分かったろう」

「掛け取りはなかなか一筋縄では参らぬな」

惣三郎が帳場へ入っていくと松造もついてきた。

「ご苦労でしたな」

喜八が惣三郎を労《ねぎら》った。

「親方、掛け取りに出て、一文も払ってもらえずよ、空っ手で戻ってきた旦那にご苦労とは辛《つら》いもんがあるな」

「小頭、それが礼儀というものだ」

「そうかねえ」

帳場の上がり框《かまち》にどたりと腰を下ろした松造をよそに、報告した。

「親方、猿屋町の火口問屋の大黒屋だが夜逃げをしておった。町内にも不義理してのことでな、だれも逃散《ちょうさん》した主一家の行き先は知らぬそうだ」

ふえっ！

と松造が悲鳴を上げた。

「掛け取り先が夜逃げか、踏んだり蹴ったりとはこのことだぜ」

惣三郎は懐から包みを出すと親方の前に差し出した。

「他の三件だが。品川宿の春扇楼がちと悪さを仕掛けおったので、懲らしめたついでに利息に一両三分ほど余分に払ってもらい、元値とともに三十両を頂戴してきた。利息は巽屋さんからも一両二分頂いたで、しめて五十五両二分の集金があった」

上がり框から、
ぴょこん
と松造が飛び降り、無言で惣三郎の差し出す包みを見た。

喜八が頷き、布包みを解くと金子を確かめ、

「金杉さん、ご苦労にございましたな」

と改めて労いの言葉をかけた。

「四件の取り立てに二日もかけて相すまぬ。品川の後始末に西村さんらにお付き合いを願ったでな、時間を食った」

「なんのことがございましょうか。こちらは見てのとおりの暇でございますよ。これでなんとか来月までは乗り切れそうだ」

と応じた親方が鉄瓶を取り、惣三郎に茶を淹《い》れた。

松造がその様子を見ていたが、黙ったまま帳場の外に出ていった。その背に普段どおり二人が会話する声が聞こえてきた。


その昼下がり、大川端に南町奉行所の御用船が着けられた。定廻り同心西村桐十郎と小者、それに花火の房之助親分らが乗った船だ。どうやら大川河口から遡《さかのぼ》ってきた様子である。

「金杉の旦那、南町の西村様と花火の親分のご到来だ！」

と言うとめの叫び声に惣三郎が出ていくと、桐十郎が、

「品川宿の春扇楼の始末は終わりました」

と報告した。

惣三郎は春扇楼の騒ぎを花火の房之助親分に報告して、その後始末を願っていた。なにしろ貴船明神社の門前を騒がせた事件だ。

「春扇楼の阿漕な商いは品川宿でも評判になっておりましてな、町役人たちは、いつかはなにか騒ぎが起こるのではないかと話していたそうです。それに町役人にも、路銀をそっくり取られた在所からきた旅人の苦情が何件も寄せられておりまして、簡単ですが訴えの

聞き書きも残っておりました。それらを元に主左太郎の再吟味が行なわれることになりそうです。まず春扇楼は取り潰し、抱えの飯盛り女郎などは他の旅籠に移ることになりそうです。女たちは喜んでますよ」

惣三郎は頷いた。

「それから常陸浪人珠洲村凶四郎にございますが、関八州各地の代官所から手配が回ってきておりました。罪状は殺し、強盗、押し込みと枚挙《まいきょ》にいとまがありません。名をいろいろと変えて生きてきたようで、まさか品川宿に潜《もぐ》り込んでいるとはわれらも気が付きませんでした。生きて捕まれば、獄門は間違いなしの狂犬です。金杉さんが奉行所に代わって始末をつけたかたちになりました」

「お見回りご苦労です」

とめら荒神屋の女人足が人数分の茶を運んできた。

「これは気が利いたな」

惣三郎が言葉をかけるとめが、

にたり

と笑い、

「それがさ、晦日に給金が出そうなのも金杉さんのお蔭《かげ》だ、訪ねてきた客に渋茶くらい出せと小頭にせっつかれたんだよ」

と言った。

「ほう、小頭がな」

「小頭の取り立ては甘いからな、五件に一つも取れねえや。その後始末を金杉の旦那があっさりとしてのけてくれたんだ。当分、松造さんは旦那の顔をまともに拝めねえな」

ご託宣《たくせん》したとめらが作業場に戻っていった。

「火事がないのは江戸町人にとって喜ばしいことですが、荒神屋には飯の種でしたね」

「火事場始末に弔《とむら》い屋は人の嫌がることが稼ぎでな、厄介《やっかい》だ」

御用船の男たちが茶を喫して、

「それでは御免」

と岸を離れた。


夕暮れ、帳場に入ってきた松造が帰り仕度の惣三郎に呼びかけた。

「ちょいと付き合ってくれないかな、金杉の旦那」

「なんぞ用事か」

「そうじゃねえや。旦那のお蔭でわっしらも晦日が越せそうだ。ととやで一杯さ、旦那を労いたいのさ」

「そのような気遣いは無用だぞ」

「そう言うねえ、皆の気持ちだ」

「ととやも久しぶりだな、参るか」

「そうこなくちゃあ、つまらねえ」

小頭が作業場へ飛び出していった。

「金杉さん、付き合ってやって下さい。皆がどれほど喜んでおるか」

と喜八親方が言った。

「ととやの源七《げんしち》親方には、今晩の払いは荒神屋だと申しておいて下さい」

「親方、われらが飲み食いするのだ、気にすることはない」

「皆にも心配かけました。ととやの一夜分くらいなんでもありませんや」

「ならば親方も参らぬか」

「飲み会の場に私が出たんじゃ、皆の憂《う》さも晴れませんよ。酒を呑《の》みながら好き放題に喋ってすっきりする、それが肝心《かんじん》だ」

「松造さんが呑みすぎんように注意していよう」

「とめに声をかけさせてお由《よし》さんを連れていかせよう。お由さんもときに子供の世話を忘れたいでしょうからな」

「それはよい考えかな」

松造の女房のお由はととやに勤めていたこともあり、馴染みの店だ。

話が決まり、女人足のとめらも含めて二十数人がととやに集まることになった。惣三郎はとめの三男の芳三郎《よしさぶろう》を手招きして、お由もととやに呼んで来るように命じた。

芳三郎はこの一年でまた身丈が三寸（約九センチ）あまり伸びたようだ。節のない竹のようにすうっとしていた体付きは、力仕事もあってがっちりと筋肉がついていた。もはや荒神屋にとって欠かせぬ人足の一人だ。なにより身軽で、焼け残った梁《はり》の上などをひょいひょいと飛んで歩く芸もあった。

「小頭は呑み倒すぞと張り切っていたが、どうやらそうもいかない雲行きだぞ」

と嬉《うれ》しそうな顔で走り出そうとした。

「待て待て、芳三郎。その足でととやに先行し、われらがいくことを申しておけ」

「小頭が先に久八郎《きゅうはちろう》の兄いを走らせていたよ」

「さすがに小頭だ、段取りだけは抜かりはないか」

「そういうこった」

と言葉を残して芳三郎が土手を駆け上がっていった。

松造が惣三郎の傍らに来て、

「段取りに抜かりはないってなんのことだ、旦那」

「そなたの気配りだ。ととやへ久八郎を走らせたそうだな」

「なんだ、そんなことか」

と胸を叩いた松造は、

「いいかえ、今日はおれたちの奢りだぜ。飲み代のことなんぞ一切気にするんじゃないよ」

「ありがたい話だが、ととやにつけは溜まっておらぬのか」

「そいつを言われるとちょいとつらい。ここんとこさ、源七親方に催促《さいそく》のされっぱなしだ。まあ、晦日に払うからよ、なんとか今日は気持ちよく呑ませてくれようじゃないか」

とお気楽なことを言った。

「小頭の顔でも二十数人の飲み食いはどうかな」

「駄目かねえ、源七は意外にしわいからな。となるといくらか皆に出してもらうことになるがどいつを見ても銭のねえ奴ばかりだ」

「そういう小頭はどうだ」

「うちは五人の餓鬼《がき》が食い盛りだぜ、おれの懐に銭が一晩だって留まったためしはねえや」

　松造が威張《いば》った。

「小頭、押し出すぜ」

　古手の人足富吉《とみきち》、新太《しんた》らが声をかけてきた。

「待て待て、旦那によると源七はそう簡単には飲み食いさせてくれまい。ここは思案のしどころだ」

「今頃になってそんなこと言うねえ、おまえさん、最前は大船に乗っていろと威張っていたじゃないか」

「色男はいつも銭で苦労するぜ」

　と松造がしょげたところで惣三郎が言った。

「小頭、親方に礼を言ってきなされ。今日の飲み食いは荒神屋持ちだそうだ」

「なんだって、そんならそうと早く言うがいいじゃないか」

「小頭にも銭の苦労をさせたほうがよいと思ってな」

「金杉の旦那も意地が悪いぜ」

　松造は帳場に戻り、惣三郎らは土手道をととやへと向かった。

　ととやには久八郎が先行し、上がり座敷に席を設けていた。

「金杉の旦那、久しぶりだねえ」

「源七親方も元気そうでなによりだ」

「元気だけが取り柄だが相変わらずの貧乏暇なしだ」

という答えに千代松《ちよまつ》が、

「連日客が絶えないのに蔵が建たないのはどういうことだ。おれが親方の家に金蔵建ててやろうか」

と言った。

千代松は元大工だ。二十六歳の折、大工の棟梁《とうりよう》が亡くなり、跡目を継いだ兄貴分と折り合いが悪くて、すっぱり大工稼業を辞めた前歴があった。

「叩き大工め、よう言うぜ。おめえらが飲み代を即金で払ってくれれば蔵の一つや二つすでに建ってたんだ。それをなんだ、その言い草は」

「わあっ、えれえことを言っちまったよ」

と千代松が頭を抱えた。

「親方、今晩の飲み食いだがな、喜八親方から荒神屋持ちとの言付けがある」

「松造の音頭というからどうしたものかと考えていたが、それなら安心だ」

と答えた源七が台所に向かって、

「おーい、酒と肴《さかな》をどんどん出してやんな！」

と叫んだ。

酒と肴が行き渡り、一、二杯茶碗酒を呑んだ松造が、
うっ
と喉を詰まらせ、戸口を見た。そこには女房のお由が芳三郎と一緒に立っていた。

「お由、どうしてここに」

「おや、芳三郎さんがおまえさんが呼んでいるからと連れに来たからさ、来てやったんだよ」

「おい、芳、なんてことをしたんだ。おれがそんなことをいつ言った」

「あれ、小頭じゃなかったかな。あっ、金杉の旦那が命じたんだっけ」

芳三郎がとぼけると、

「ささっ、お由さん、小頭の隣にどうぞ」

と松造の隣に押し上げた。

「ああ、今晩はお目付つきか。酔うにも酔えないぜ」

「小頭、そう申すものではないぞ。小頭が外で好き放題にできるのもお由さんがおればこそだ」

「ちえっ、古女房が傍らにいて酒が美味いか。旦那、しの様がここにいたらどうだ」

「むろん一段と酒が美味《おい》しいぞ、決まっておるわ」

「いない奴はさ、いいな、好き勝手言えらあ」

と言いながら松造も満更ではなさそうだ。

この夜、後から駆けつける者もいて、三十余人の仕事仲間が気楽に飲み食いして日頃の鬱憤《うつぷん》を晴らした。

松造はお由のそばでは呑めない酔えないと言っていたが、一番最初に酔っ払い、

「おいっ、惣三郎、掛け取りがうまいというのはよう分かった。今度よ、でっけえ火事を二つ三つ呼んでこい。うちは火事場始末だぜ、火事がなくちゃあ、後始末の注文もかからねえや」

などとひとしきり喚《わめ》いたあと、板壁に背を寄りかからせて居眠りを始めた。

「うちの人ったら、最近ちょっとの酒ですぐに酔ってこれなんです」

「一晩じゅう呑んでおるよりよかろう」

と惣三郎が答えた。

「金杉様、気を遣ってもらってありがとうございました」

「なんのことがあろうか」

惣三郎はお由に、

「亭主の代わりに一杯呑まぬか」

と徳利《とつくり》を差し出した。

「あら、すいません。私、亭主より強いんです」

と松造が呑んでいた茶碗を差し出した。

「夫婦で時に呑むのもよいよい」

座は大いに盛り上がり、夏吉《なつきち》など立ち上がって踊っていた。

「金杉様にも一杯注《つ》がせて下さいな」

とお由が徳利を差し出した。

「おおっ、これはすまぬ」

松造は鼾《いびき》をかいて眠り込んでいた。

「金杉様、さっきから言おうか言うまいかと迷っていることがあるんですよ」

「なんだ、小頭のことか」

「うちの人はこのとおり、心配し出したらきりがありません」

「ならばなんだな、それがしで事足りるなら聞くぞ」

「ううーん、それが旦那のご家族のことなんで」

「言いにくいこととはうちのことか」

惣三郎は思いもかけないお由の言葉に尋ね返すと、

「そうなんですよ、結衣様のこと」

「お由さん、話を聞かせてくれ」

「やっぱりお父っつぁんは娘が心配なんだ」

「それは当然のことだぞ、お由さん」

「いえね、年頃の娘さんですから何にでも興味があるのは当然といえば当然でしょう。今から半月も前のことかな、内職の仕立物を届けに富沢町まで出かけたんですよ」

富沢町は古着屋が軒を連ねる一帯で、古着ばかりか一、二年前に京で流行《はや》った新しい意匠の友禅《ゆうぜん》などが都落ちして売られていた。

「古着屋に結衣がいたか」

「いえ、帰りに二丁町《にちょうまち》を抜けて戻ろうとしたら、堺町《さかいちょう》の中村《なかむら》座の前に結衣様が立っておられたんです。私はあら、こんなところに結衣様がと思いながら、声をかけようかどうしようか迷ったんですよ。だって、どこか結衣様の顔が真剣でなにか思いつめている様子だったんです」

「人違いではないか」

「いえ、人違いではございません、確かに結衣様でした」

「それからどうした」

「その日は芝居がかかってなかったんですけど、結衣様は木戸口から中に入られて、木戸《きど》番《ばん》と話しておりました」

　惣三郎はしのがそのような用事を頼むはずもないがと思った。

「それで木戸番と奥へと入っていかれたんです。私はしばらく待っていたけど出て来られる様子はないし、大川端に戻ってきました。ただそれだけの話なんです」

「異なことを聞いたな。だが、お由さんありがたい。そなたが言うように年頃の娘だ、なにを考えているか知れんでな」

　結衣の話はそれで終わった。

　宴が果て、ととやから芝七軒町へと戻る道すがら、結衣はなにを考えて中村座を訪ねたかいろいろと思案したが思いつかなかった。

　ただ一つ、はっきりとするまでしのには言うまいと惣三郎は決心した。

二

その朝、鍾馗の昇平の迎えを受けて、惣三郎は車坂道場への道を辿った。

なにか言いかけ、口を閉ざしたふうの昇平に、

「どうした、昇平。そちらも火事がなくて気が抜けたか」

と惣三郎が声をかけた。

「うちはさ、火事がなくても困らないがさ、荒神屋の親方は頭を抱えておられような」

と近頃、一段と大人びた昇平が答えていた。

「それだ。先日も親方の悩んでおられる様子に、つい掛け取りを申し出て歩き回ったぞ。なにしろ晦日がくれば人足の給金を払わねば、それぞれの口が干上《ひぁ》がるでな」

「師匠が取り立てだと、うまくいったかえ」

「四件のうち三件はなんとかうまくいったが、一件は夜逃げをして駄目だった」

とざっと経緯を告げた。

「なんだ、品川宿の春扇楼の大掃除をしたのは師匠か。うちの若いのが春扇楼に一度上がってえらい目に遭ったそうでな、潰れた噂を聞いて楼にいた馴染みの飯盛りのことを気に

していたんだ」

「春扇楼に働いていた飯盛りは宿場の旅籠に引き移されたそうだ」

「そうか、武州《ぶしゅう》にいっておこう」

「武州という名の若い衆がいたか」

「師匠は知るまい。近頃入った人間でさ、武州小川村の出で、茂平《もへい》というんだが、そのもっさりした名を嫌ってよ、武州と呼ばせている若い衆だ」

「馴染みの女郎の行き先が気になるなれば、あの界隈で訊くことだ。すぐにも分かろう」

「言うに及ばずだ」

「まったくな」

大股《おおまた》の二人は芝七軒町から一気に切通しを越えて、車坂の石見道場に到着した。

いつものようにいつもの日課が始まった。

道場の拭《ふ》き掃除から始まり、掃除が終わると惣三郎ら全員が神棚に二拝二拍手一拝をなして数刻に及ぶ朝稽古が開始された。

惣三郎が稽古をつける相手を次々に替えながら、立ちっぱなしの指導を終えようとした刻限、道場を訪ねてきた武芸者がいた。

見所《けんじょ》に下がっていた石見銕太郎に取り次ぐ門弟、谷村信平《たにむらしんぺい》の言葉が惣三郎の耳にも届いた。

「先生、旅の武芸者が一手先生のご指導をと願っております」

「道場破りか」

鋏太郎に代わって師範の伊丹五郎兵衛が谷村に問い質《ただ》した。

「さあ」

と頭を捻った谷村が、

「江戸で名高い石見道場でおのれの修行具合を確かめたいと再三丁重に頼まれました」

と答えた。

谷村信平は若き日の金杉清之助の遊び仲間で、さんざ一緒に悪さをした仲だ。清之助が先の享保剣術大試合で次席に入ったのを知り、一念発起して石見道場で修行を再開していた。

五郎兵衛がどうしたものかという表情で鋏太郎を見た。

「修行の成果を確かめたいとわが道場に参られたものを追い返す訳にもいくまい。お呼び致せ」

鋏太郎の許しが出て、その旅の武芸者が道場に姿を見せた。

見所の前まで胸を張って進んできた武芸者は二十七、八か。身丈は五尺八寸（約一七六センチ）ほど、しなやかな五体は修行の賜物《たまもの》か、無駄な贅肉《ぜいにく》の一片もついてないように見受けられた。それに顔は役者にしてもいいような端整《たんせい》さだ。旅の武芸者と名乗ったそうだが、すでに江戸入りして長いのか旅仕度ではなかった。

ぴたり

と道場の床に正座した武芸者が見所に向かって平伏した。

「石見銕太郎先生とお見受け致します。それがし、諸国を武者修行中の八戸鶴太郎忠篤《はちのへつるたろうただあつ》にございます。江戸入りして石見道場の武名をあちらこちらで聞かされました。一手ご指南を願いたく参上致しました」

「ご流儀はなにかな、八戸どの」

銕太郎が問いかけた。

「新神陰一円流《しんしんかげいちえん》にございます」

「上泉伊勢守秀綱《かみいずみいせのかみひでつな》様ご門下野中新蔵成常《のなかしんぞうしげつね》様流祖のご流儀か、江戸では珍しいな」

新神陰一円流が一円流の牧野《まきの》円泰に、さらには福井兵右衛門嘉平《ふくいひょうえもんかへい》の神道無念流《しんとうむねん》に継承されている。

「稽古と申されるが、なんぞ望みがござるか」

「石見銕太郎先生直々《じきじき》のご指導は恐れ多きこと、ご門弟とのお手合わせ、お許し下されましょうか」

惣三郎は八戸の意図を摑みかねていた。

言葉どおりに受け止めれば武者修行者の真摯《しんし》な態度とも読めた。だが、八戸の爽《さわ》やか過ぎる言動にどこか訝しいものをも感じていた。

八戸に頷いた石見銕太郎が惣三郎を見た。

「八戸どの、当道場の仕来《しきた》りに従い、若き門弟と稽古をして下され。そなたの力量を知った後、次なる稽古相手を選び申す」

と惣三郎が答えると、八戸が言った。

「失礼ながらお尋ね申す。そなたはどなた様にございますか」

「当道場の居候でな、金杉惣三郎と申す」

はっ！

とした様子の八戸が惣三郎に体を向け、

「先の吉宗様上覧剣術大試合で審判を務められた金杉先生にございましたか。知らぬこととは申せ、当代一の大先達に失礼を致しました」

「お互い剣の道を究めんと志《こころざ》す者同士、後も先もなかろう」

と答えた惣三郎は、

「信平、そなたが八戸どのと最初に応対したのだ。稽古をつけてもらえ」

と谷村信平に命じた。

稽古と言っても結局は立会い形式の勝負だ。

「はっ」

と信平が張り切って道場の真ん中に進んだ。

師範の伊丹五郎兵衛が防具を用意した。

八戸も道場の壁際に下がり、羽織を脱いで仕度に入った。

「新神陰一円流は聞くところによると稽古に際して面を付けず、ゆえに素面流と称するそうな」

石見道場では他流の者と立会い稽古をなすとき、石見銕太郎が創意した防具をつけることもあった。

「どうなさるな」

五郎兵衛が用意した防具を惣三郎は八戸に指し示した。

「おっしゃるとおり素面流にございますればこのままにてかまいませぬ」

「ならば信平、そなたも防具なしで稽古をつけてもらえ。ただし、袋竹刀とする」

「はっ」

と畏まった信平は懐から鉢巻《はちまき》を取り出して額《ひたい》に締めた。

袋竹刀の勝負ならば強い打撃があったとしても怪我は避けられた。

「それがしが審判を務める」

惣三郎の言葉に八戸が言った。

「上覧試合の審判どのに相務めて頂き光栄に存じます」

八戸鶴太郎と谷村信平が作法どおりの挨拶を終え、立ち上がって袋竹刀を相正眼に構え合った。

信平は熱心な稽古のお蔭でこのところ地力をつけていた。

二人は袋竹刀の先を上下に動かして牽制《けんせい》し合っていたが、阿吽《あうん》の呼吸で同時に仕掛けた。

八戸鶴太郎の正眼の袋竹刀は上段へと引き付けられた後、信平の面へと落とされた。

信平は飛び込み様に袋竹刀の先を胴へと変じさせ、八戸のしなやかな胴を狙《ねら》った。

ばしり
と音を立てて一瞬先に決まったのは谷村信平の袋竹刀だ。

「胴一本、勝負あり」

二人が元の場所に戻った。

「さすがに江戸で名高き石見鋏太郎先生の道場にございます。それがしの田舎剣法の敵《かな》うところではございませぬ」

と八戸鶴太郎は従容《しょうよう》として負けを認めた。

「八戸どの、汗もかかぬうちの決着にござったな。もう一人、相手をなされ」

との惣三郎の言葉に、

「未熟者の相手をどなたか引き受けて頂けましょうか」

と八戸の顔が紅潮《こうちょう》した。

頷いた惣三郎は茂木《もてぎ》藩の久村新左衛門《ひさむらしんざえもん》のところから出稽古に来ていた久村左之助《さのすけ》を指名した。左之助は石見道場の門弟定次郎《ていじろう》の末弟だ。だが、谷村信平よりだいぶ腕が劣ってい た。

「私でございますか」

「久村左之助は二人とはおるまい」

「はい」

緊張気味に立ち上がった左之助は固い動作で正眼の構えをとった。

八戸は中段に袋竹刀を上げて構えた。

左之助は鍾馗の昇平の指導で六百匁《もんめ》（約二・二キロ）はあろうかという赤樫《あかがし》の木刀の

素振りで足腰を鍛えている最中だ。まだ剣術のかたちを会得していなかった。

それでも惣三郎の指名に応えようと八戸の動きを見詰めていた。

八戸鶴太郎の袋竹刀の先が左之助を誘うように動き、左之助は打たれる覚悟で前に出ると八戸の面を迷うことなく狙った。

同時に八戸の袋竹刀も左之助の面を打った。

ほぼ同時に面を打ち合ったが、左之助の袋竹刀は八戸の面上に止まり、八戸のそれは左之助の横へと流れた。

「面一本、久村左之助」

勝ちを宣せられた左之助は呆然と立っていた。勝つなど思いもよらぬといった顔つきだ。

「左之助、下がらぬか」

惣三郎に注意され、左之助が慌てて下がって座した。

二本立て続けに負けた八戸鶴太郎はすでに涼しげな顔で座して、左之助に、

「参りました」

と挨拶した。

「八戸どの、相手に不足がござったか。お力の片鱗《へんりん》も見せて頂けぬな」

と笑った惣三郎が、

「それがしがお相手仕《つかまつ》ろう」

と珍しくも自ら名乗り出た。

「えっ、金杉先生御自らにございますか。八戸鶴太郎、これに勝る喜びはございませぬ」

谷村信平、久村左之助とけっして道場でも力量が高いとはいえぬ二人に敗北した武者修行者に、金杉惣三郎自ら立ち会うというので道場の門弟たちからも、驚きの声が上がった。

「師匠としたことがどうしたんだ」

鍾馗の昇平が隣に座す佐々木三郎助《ささきさぶろうすけ》に言った。

三郎助は勝手掛《かってがかり》老中水野忠之家の家臣で、佐々木三兄弟の末弟である。金杉惣三郎の指導を水野道場で受け、時には車坂にも出稽古に来ていた。

「分かりませせぬな」

三郎助が首を捻った。

石見銕太郎以下門弟衆百余人が見守る中、惣三郎と八戸鶴太郎の勝負が始まったが、だれもが勝負を度外視して見ていた。

それはそうだろう。

谷村信平、久村左之助に負けた八戸が惣三郎に太刀打《たちう》ちできるはずもない。惣三郎は八戸に存分に打たせておいて体勢が崩れたところを面打ちに仕留めた。だが、

「ちと浅かったな」

と再び構えをとった。

「はっ」

と構え直した八戸鶴太郎が再び惣三郎に挑んだ。

そんな勝負が四半刻（三十分）も繰り返され、散々に打ち据えられた八戸鶴太郎が道場の床に長々と伸びて惣三郎はようやく竹刀を引いた。

稽古の後、惣三郎はいつものように石見銕太郎と一緒に朝餉の膳に着いた。二人の間に八戸鶴太郎のことが話題に上ることはなかった。

だが、師範の伊丹五郎兵衛が佐々木治一郎《じいちろう》と一緒に姿を見せて、

「あやつ、なにをしに来たのでしょうか」

と首を傾げた。

「正気に戻ったか」

銕太郎が訊いた。

「はい。金杉先生に打ち据えられたのがよほど堪《こた》えたか、気息奄々《きそくえんえん》という体《てい》で道場を後にしました」

鋏太郎が笑みを浮かべ、惣三郎が、

「治一郎、どう思う」

と訊いた。

治一郎は老中水野忠之の御側衆を務め、惣三郎の指導でめきめきと腕を上げてきた剣客だ。三郎助の長兄である。

「ちと訝しく思うております」

「どこが訝しいか」

「失礼ながら谷村どのや久村どのの弟御では相手にもならぬ腕前かと存じました」

「いかにもさよう」

「それで先生がお相手なされましたか」

「叩き伏せてみたが、あやつ本性を出しおらぬ」

「やはり」

と治一郎が言い、

「なんと、実力を隠してなにをする気にございましょうか」

と五郎兵衛が訝しがった。

「それを引き出そうと金杉さんが汗をかかれたが尻尾《しっぽ》を出さぬ。まあ、うちか、金杉さんかに遺恨のある者と見たが、相手様の胸中までは分からぬものよ」

鋳太郎が答えていた。

「石見先生、金杉先生、あやつの腕前、どれほどと推測なされますな」

と治一郎が二人の達人を見た。

「金杉さん、いかに」

八戸の相手をした惣三郎にその答えを振った。

「まずな、治一郎、そなたと同じか、或《ある》いはもそっと上かも知れぬ。それにそなたと違うところは、涼やかな顔をしておるが、あやつ、間違いなく血腥《なまぐさ》い修羅場を搔《か》い潜《くぐ》った幾多の経験がある。これは真剣勝負になれば非常な力になるでな、油断はならぬ」

「はい」

と治一郎が畏まった。

「師範、念のためだ。門弟たちに向後《こうご》注意せよと話しておかれよ」

はっ

と畏まった五郎兵衛と治一郎が引き下がった。

「石見先生、世の中にはいろいろと策を弄《ろう》する人間がおりますな」

「いかにもさよう。そう複雑にせずとも生きられように」

「ほんにほんに」

　享保年間を代表する二人の剣客が言い合った。


　惣三郎が朝餉を馳走になり、道場を出ようとすると、もうとっくに戻ったはずの鍾馗の昇平が待ち受けていた。

「どうしたな、昇平」

「一度戻りかけたんだがよ。胸に痞《つか》えていることがあってよ、師匠を待っていたんだ」

「歩きながらでよいか」

　昇平が頷き、二人は肩を並べて車坂から大名家が連なる屋敷町へと向かった。

「こいつはみわ様にも言ってねえことなんだ」

　惣三郎は昇平を見た。

「師匠、家族のことに余計な口出しを致すでないと叱られそうだが、結衣様の近頃の態度が気になってな」

「結衣の態度だと」

「親父様はおかしく感じないかえ」

惣三郎はお由に聞かされた話を思い出しながら、

「なんぞ見たか」

と訊いていた。

「おれが神明宮を通りかかったと思いねえ。結衣様がさ、社殿の前でぼぉっともの思いに耽《ふけ》っておられるじゃないか。そんとき、結衣様に声をかけたら、酷《ひど》く慌てられたんだ。師匠、その様子がおかしいってんじゃないぜ。若い娘だ、好きな人が出来てよ、そんなことを独り思っているときに知り合いに声をかけられてみな、どぎまぎするに決まっていらあ」

「そうではないとすると、なにがおかしいのかな」

「それから数日後のことだ。おれはまた境内でよ、結衣様を見かけたんだ」

「社殿の前でかな」

「いや、宮地芝居の小屋から芝居者と思える男に見送られて出てこられたんだ」

「なにっ、芝居小屋とな」

「師匠の家じゃあ、芝居小屋に知り合いはいるのかえ」

惣三郎は顔を横に振った。

「異なことだな」

だろう、と大きく首肯した昇平は、

「みわ様に申し上げようと思ったがさ、こいつはまず父親の師匠に話すべきと考えたんだ」

「昇平、礼を言うぞ」

足を止めた惣三郎が頭を下げると、

「ちょ、ちょっと待ってくんな。師匠に礼なんぞ言われるつもりで話したんじゃないや」

と鍾馗様が慌てた。

三

惣三郎はその日、荒神屋の帳付けを早々に終わらせ、喜八親方に、

「本日はちと早めに仕事を切り上げたい」

と断わった。

「お断わりになるまでもありませんや。いつでも金杉さんのきりのいいところで終わらせて下さいよ」

「ありがたい」

なにか用事かという顔の親方だったが訊こうとはしなかった。

「では御免」

作業場に回ると、とめら女衆は仕事を切り上げていたが、松造らはなんとか再生できそうな柱や梁の釘を抜いたり、枘穴《ほぞあな》を別の木で埋めたり、洗ったりしていた。

「精が出るな」

「なにしろ半鐘の音を聞かないからさ、一文でも金になる仕事をやっておこうと昼過ぎから古材に磨きをかけているところだ」

「ご苦労さん、本日はそれがしはこれにて上がる」

「あいよ、気をつけて帰りな」

松造の言葉に送られて、惣三郎は大川端から芝七軒町まで脇目も振らずに戻ってきた。

暮れ六つ（午後六時）前の刻限で長屋の戸口に力丸《りきまる》がとぐろを巻いており、みわがなにかを考える様子で立っていた。

「父上、本日はお早いのね」

「仕事のきりもよいでな、親方に許しを得て早めに切り上げた。力丸の散歩は終えたか」

「それが、遣いに出られた母上も結衣も戻ってこないので、私が行こうかどうしようか考えていたところです」

「父が参ろう」

「助かります、夕餉《ゆうげ》の仕度を致します」

「頼もう」

惣三郎は力丸に綱をつけ、長屋から増上寺《ぞうじょうじ》の大門《だいもん》前に出ると、め組を横目に見ながら片門前町《かたもんぜんちょう》と増上寺の塀の間を抜ける通りを新堀川に架かる将監橋《しょうげんばし》まで出て、新堀川の左岸を西へと上がって小便や糞をさせた。一つ上流の赤羽橋《あかばねばし》まで、春風が戦《そよ》ぐ土手道をのんびりと往復し、芝七軒町の長屋に戻った。

井戸端で力丸の水を取り替えてやり、戸口で水を飲ませた。

「おまえ様、力丸の散歩まで相すまぬことでした」

しのが台所の格子窓から声をかけてきた。

「早く戻ったでな」

と答えた惣三郎は腰の高田酔心子兵庫を抜きながら訊いた。

「結衣は戻ったか」

「それがまだにございます。みわが今様子を見に行っております」

と答えた。

「どこに参ったのかな」

「みわには母の命で源助町《げんすけ》まで遣いに出ると申したそうですが、私は結衣に遣いを命じた覚えはございません」

「おかしいではないか」

と惣三郎が答えたところにみわが慌《あわただ》しく戻ってきた。

「母上、やはり結衣は仕立て屋さんには顔を出しておりませぬ」

しのは源助町の仕立て屋、鉄蔵《てつぞう》親方に頼まれ、着物の仕立ての内職をしていた。だから、仕立て上がった着物を届けたり、次の仕事の反物《たんもの》やら絹糸《きぬいと》やらを受け取りにいく遣いがないわけではない。

「みわ、そなたには母の遣いで鉄蔵親方のところへ行くと申したのだな」

「正しくは母上の遣いで源助町へ行くと」

みわが答えた。

「刻限はいつのことか」

「八つ（午後二時）過ぎかと思われます。私はまだ八百久におりましたから」

長屋の土間に立った惣三郎とみわは顔を見合わせ、そのみわの視線がしのに行った。

惣三郎が訊いた。

「しの、みわ、近頃結衣の様子で変わったことはないか」

夕暮れの薄暗い光の中、しのがはっとした表情を浮かべたのが惣三郎にも分かった。

「父上はなんぞお感じになられますので」

みわが問うた。

「みわ、茶の間に上がらぬか」

台所の竈《かまど》の上の釜《かま》から飯が炊《た》き上がった匂いが漂ってきた。

「行灯を点けます」

しのが慌てた様子で竈の残り火を付け木に移し、さらに行灯の灯心へと燃え移らせた。

ぼおっ
と長屋の内部が浮かび上がった。

「迂闊《うかつ》なことにお由さんと昇平に教えられて、結衣の異変に気付かされたところだ」

「父上、お由さんと昇平さんがなんと申されたのです」

惣三郎はお由が結衣を見かけたという堺町の中村座の一件と、昇平が見た芝神明宮での結衣の様子を告げた。

しのとみわは即座には口を開かなかった。

ふうっ

と一つ息を吐いたみわが思い切ったように言った。

「父上、母上も私も結衣がこのところ心ここにあらずという虚《うつ》ろな表情を見せることが気になっておりました」

「みわ、昇平が言ったように好きな男が出来てそのことを考えておるのであろうか」

「私どもは広いお屋敷に住まいしておるのではございませぬ。もし結衣にそのような人がいるとしたら、私か母上が気付きましょう」

「とすると結衣はなにを考えておるのか」

惣三郎の問いに、しのもみわも答えられなかった。

三人はじりじりとしながら結衣の帰りを待った。

六つ半（午後七時）の刻限、みわが焦《じ》れたように二階へと姿を消した。しばらくなにかを探している物音が階下まで伝わってきたが、やがて階段を駆け下る足音がして、

「父上、母上、結衣は家出を致したかも知れませぬ」

と叫んだ。

「家出とな」

「どういうことです、みわ」

二人が同時に叫んだ。

「結衣の持ち物を調べてみました」

「なんということを」

としのが言い、惣三郎が、

「いや、しの、ことは急《せ》いておるのだ。みわはようそこへ気が付いた」

と答えていた。

「父上や母上から頂いた小遣いなどを結衣は竹筒に貯《た》めておりましたが、その竹筒が割られて中身が消えております。それに着替えなどがなくなっております」

しのが蹌踉《そうろう》と立ち上がると二階へ確かめに行った。

「みわ、結衣が家出をする原因が思い当たらぬか」

「それが」

と答えたみわが、

「このところ結衣の落ち着きのなさを母上と密かに見守っておりましたが、昇平さんも推測されるように好きな人が出来てのことではないように思うのです。それより私自身にも覚えがございますが、娘から女になりかける時期には体にも心にも変化が生じます。そのことが結衣に格別の考えを与えたのではないかと思うのです」

みわの答えは漠《ばく》としていたが、惣三郎にもおぼろに理解がついた。そこへしのが戻ってくると、言った。

「ありませぬ。袷《あわせ》と単衣《ひとえ》なんぞがありませぬ」

「他になくなったものはないか」

「そなたが結衣に与えた守り刀が見当たりませぬ」

ふうっ
と惣三郎は息を吐き、瞑想《めいそう》した。

長屋住まいとはいえ金杉家は武家の家系だ。十歳の誕生日に惣三郎は懐剣を結衣に贈っていたが、それがないという。

しばらくその姿勢で考えを纏《まと》め、両眼を開いた父親をみわが見詰めていた。

「結衣がこの家から出たのは確かなことにございましょうな」

惣三郎が頷く。

「結衣だけの考えか、だれぞ唆《そそのか》す者があってのことでしょうか」

「そこだ、みわ。父はこれより二丁町に出向いて参る」

「お由さんが申された中村座をお訪ねになるのでございますな」

「いかにもさようだ。なぜ結衣が中村座を訪ね、芝神明の宮地芝居の小屋から出てきたか。どこへ結衣が家出したかを知る手掛かりになるやもしれぬと考えたのだ」

　みわが頷く。

「みわ、そなたはめ組へ行き、昇平に頼んで宮地芝居を一緒に訪ねてくれぬか」

「承知しました」

「おまえ様、私は」

「しの、心細かろうが長屋にいてくれ。どのような連絡が入るやも知れぬでな」

「西村様方のお力を借りなくてようございますか」

「ただ今のところ結衣が家出しただけのことだ。だれぞに拘引《かどわか》されたわけではない。お上をいたずらに騒がせてもなるまい」

　西村桐十郎ら南町奉行所との繋がりが深いだけに遠慮すべきという自制心が、惣三郎の胸に生じていた。それに荒神屋の取り立てで二件も手間を取らせていた。

　惣三郎は腰に高田酔心子兵庫を戻すと夕闇《ゆうやみ》の町へと走り出した。

　幕府が官許の江戸三座は、中村座、市村《いちむら》座、森田《もりた》座の三つだ。

　三座のうち筆頭の中村座は、寛永《かんえい》元年（一六二四）に猿若勘三郎《さるわかかんざぶろう》によって中橋南地に猿若座として開かれた。その後、禰宜《ねぎ》町、堺町へと火事の度に移転して、二代目勘三郎の時に中村座と改名した。

　中村座に次ぐ官許の小屋が市村座だ。

寛永十一年（一六三四）、京の座元村山又兵衛《むらやまたべえ》の実弟村山又三郎《またさぶろう》が江戸に下り、堺町に村山座を建てたのが市村座の始まりである。葺屋《ふきや》町に移転した小屋を相座元の市村宇左衛門《うざえもん》（後に羽左衛門）が興行権を買って、市村座と改めていた。

惣三郎は中村座のある堺町に入り、すでに芝居小屋が明かりを落とし、ひっそりとしていることに気付かされた。

芝居は明け六つ（午前六時）から暮れ七つ半（午後五時）までの昼興行が決まりだ。蠟燭などしか照明がなかった時代の興行だ、昼興行が普通であった。

芝居などとは普段から馴染みのない惣三郎は、はたと困惑した。小屋にだれかいるとしても夜番くらいのものだろう。

（どうしたものか）

惣三郎の頭に数年前の、成田《なりた》街道の始まりである本行徳河岸《ほんぎようとく》の外れでの出来事が浮かんだ。

（そうだ、市村座の副頭取市村直次郎《なおじろう》どのがおられたわ）

惣三郎は堺町と続く葺屋町へと戻っていった。

まだ清之助が鹿島の米津寛兵衛《よねつかんべえ》老師の下で修行をしていた時分、惣三郎はしの、みわ、結衣を伴い、鹿島を訪ねたことがあった。

その道中、成田山に詣《もう》でようと行徳船で本行徳河岸に下り、成田街道を歩き出す前に腹ごしらえをと、街道のうどん屋に入った。そこで雲助駕籠《くもすけかご》に絡まれる役者の市川小十郎《いちかわこじゅうろう》や副頭取市村直次郎の一行を助けたことがあった。その縁で、成田宿で一夜を共にしたのだ。

市村座にはなんとなく人の気配がした。

折から表に出てきた若い衆に、

「副頭取の市村直次郎どのにお目にかかりたいが小屋にはおられようか」

と聞いた。

市村座の法被《はっぴ》を着た若い衆は、じいっと惣三郎の風体を見ていたが、

「お侍、副頭取の直次郎様は今やおられないぜ。去年に羽左衛門を襲名して座元になられたんだ」

「それは目出度《めでた》い。で、座元はもはや家に戻られたかな」

「いや、今さ、御殿女中衆の宿下がりに合わせて演《だ》し物の手直しをしておられる。おまえさんの名はなんだえ」

「金杉惣三郎と申してくれぬか」

若い衆が小屋に姿を消したがすぐに、

「入りなせえ」

と小屋の中に招じ入れてくれた。

明かりが奥行き三間（約五・四メートル）に間口四間（約七・二メートル）の舞台に当たり、大勢の人々が稽古をしていた。その中から、

「金杉様」

と市村直次郎改め羽左衛門の声がして、惣三郎の許へ姿を見せた。

「座元、許せ。大切な稽古の時間に邪魔をして」

「なんとか目処《めど》が立ったところですよ。それより金杉様、こんな刻限にまたなんの御用です」

「座元の力を借りたい」

惣三郎はざっと事情を告げた。

「なんとあの幼かった結衣様が家から姿を消されましたか、それはご心配だ」

と応じた市村羽左衛門は、

「中村座の座元に会って、結衣様がなぜ芝居小屋に見えたかその理由を訊けばよいのですね」

「それしか手掛かりがないでな。座元のお宅を教えて頂ければそれがしが訪ねる」

「金杉様に私が同道したほうが早いようです」

羽左衛門は役者衆や芝居小屋の者たちに後のことを託すと、

「さて、参りましょう」

と小屋の外へと連れ出した。

「稽古の最中に相すまぬことだ」

「金杉様、成田街道で助けられた恩義は今も忘れることはありませんよ。それに金杉様が先の剣術大試合で名誉の審判を務められたばかりか、ご子息の清之助様が次席に入り、吉宗様からご褒美《ほうび》を頂いたというじゃありませんか。私どもはその話を聞いて、あの時一緒にいた市川小十郎ともどもどれほど鼻が高かったか、ほうぼうに自慢して歩いたものですよ」

「清之助はただ今回国修行の途中でな、大和国柳生の庄の柳生道場に逗留しておる」

「江戸にお帰りになられたら吉宗様からお召し抱えの話がございますな」

と請け合った羽左衛門は、葺屋町から堺町の間にある芝居茶屋の門前に惣三郎を案内していった。

「中村座もうちと一緒で演目の手直しをしております。座元や役者衆は直しを終えて一杯やっている刻限でさあ」

羽左衛門が芝居茶屋雪月花《せつげっか》に惣三郎を案内した理由を説明し、玄関先に立った。

「おや、市村座の座元、どうなされました」

と番頭が羽左衛門に声をかけた。

「勘三郎座元はこちらだねえ」

「へえっ」

「ちょいとお目にかかりたいんだ」

「ならば座敷にお通り下さいな」

茶屋の二階座敷では役者衆、座元ら中村座の幹部連十数人が酒を呑んでいた。

「おや、羽左衛門さん、どうなされました」

「お寛《くつろ》ぎのところ恐縮だが、ちょいと邪魔をさせて下さいましな。このお方は先の剣術大試合で審判を務められた金杉惣三郎様にございますよ、座元」

という羽左衛門の言葉に座中から、

「金杉様」

という市川小十郎の懐かしげな声が響き、別の声が重なった。

「お久しぶりにございますな、金杉様」

小十郎に会釈した後、渋い声のほうを見ると、成田屋市川団十郎が笑みを浮かべた顔を惣三郎に向けていた。

　この二代目市川団十郎は初代の実父が役者の生島半六《いくしまはんろく》に怨恨《えんこん》から刺殺されるという悲劇を受けて、十七歳で二代目に襲名した人物だ。

　努力の人で、荒事、和事、立役をよくし、正徳《しょうとく》三年（一七一三）に山村座で『助六《すけろく》』に新工夫を加え、享保元年（一七一六）には中村座で二度目の『助六』を演じてその演出をほぼ完成させていた。

　もはやその名声は初代をも凌《しの》ぐものがある名優だ。

　惣三郎と団十郎は浅からぬ因縁があった。

　齢百五十六歳の妖術剣客石動奇嶽《いするぎきがく》を誘《おび》き寄せるために深川冬木ヶ原《ふかがわふゆきがはら》に武田信玄と徳川家康が対決した三方ヶ原の戦いを再現した野外芝居『合戦深川冬木ヶ原』を興行したことがあった。

　将軍吉宗も見物するという大掛かりな合戦絵巻だった。

　その折、団十郎が武田信玄を、惣三郎が家康の役を演じたのだ。

「おおっ金杉様、よいところにお出でなされた、ささっこちらへ」

　と団十郎が差し招くのを羽左衛門が、

「ちと急ぎの御用です、二代目」

とざっと事情を告げた。すると一座の中から、

「そのお嬢様とお会いしたのは私です。お武家言葉の娘さんゆえよう覚えております」

と一人の男が言い出した。

「ほう、帳元の繁三郎《しげざぶろう》さんが応対なされましたか」

と羽左衛門が言い、

「で、金杉結衣様の話とはなんでございましたな」

と訊いた。

「それが、女は大芝居の役者になれないものかという相談にございました」

「なんと、結衣は女役者になりたいと中村座に相談に来ましたか」

「金杉様、娘時代にはよくある話で中村座にも市村座にもそのような話はよくございます。ですが、お一人でお見えになる方は珍しゅうございます」

「当然お断わりになったのでございますな」

「はい。大芝居を始め、大概の芝居はご禁制で女は舞台に立てません。ですが、宮地芝居のような緞帳《どんちょう》芝居や旅回り一座では、女役者もいるというようなことを説明申し上げました」

「結衣は納得致しましたか」

「やはりそうでしたかとのご返事で、どこかでそのようなことを聞いて知っておられた様子でした」

「ほう」

と頷いた惣三郎は、

（結衣は女役者を夢見ていたか）

と呆然と娘心の奔放《ほんぽう》を考えた。

四

惣三郎が芝七軒町の長屋に戻ったとき、長屋には大勢の人がいた。

鍾馗の昇平を始め、め組のお杏《きょう》、花火の房之助親分にその恋女房、静香《しずか》らが顔を揃えていた。

「とうとう親分ご夫婦やお杏さんにも心配かけることになったか」

上がり框に腰をどさりと下ろした惣三郎が呻《うめ》くようにいった。

「父上、なにか分かりましたか」

みわは惣三郎が腰から抜いた高田酔心子兵庫を受け取るために両手を差し出した。

「みわ、父上は堺町まで腹を減らして往復なされたのですぞ。お尋ねするのはまず落ち着かれてからのことになされ」

惣三郎が板の間に上がり、奥の居間に通った。

「師匠、結衣様が訪ねたという宮地芝居の一座はすでに芝神明を引き払っていたぜ」

昇平が報告した。

お杏が茶を淹《い》れて、惣三郎に供した。

「ありがたい、お杏さん」

惣三郎は茶で喉を潤《うるお》して訊いた。

「いつのことだ」

「昨日だそうだ。結衣様の家出と関わりがあるかどうかは、なんとも言えねえな」

頷いた惣三郎は二丁町で知り得た結衣の行動のあらましを報告した。

「なんと結衣は女役者に憧《あこが》れを抱いていたんでしょうか」

しのが呆然と呟くと、静香が、

「結衣様がこのようなことをなされた因《もと》はこの私かも知れません」

と青い顔で言い出した。

惣三郎の視線が静香にいった。

「いえね、正月にみわ様と結衣様を神明社の境内に掛かっていた芝居一座に招いたというんですよ」

花火の房之助が言い、みわが、

あっ

という声を上げた。

「私、忘れていたわ」

「紫《むらさき》市乃丞《いちのじょう》一座という上方からの一行でした。演《だ》し物のお芝居より手踊りが上手というのでうちの弟子が私に見物を勧めたんですよ。そこで何人かの弟子と見物するとき、お二人をお誘いしたんです」

「私も見た」

と言い出したのはお杏だ。

「ご時世がご時世でしょう、節約倹約の世の中に役者たちの衣装がなんとも上等なのよ。大芝居でもなかなかああはいかないわね、緞帳《どんちょう》芝居であぁ豪奢《ごうしゃ》な衣装はまず見たことがないもの」

緞帳芝居とは宮地芝居の別称だ。大芝居のように引き幕を使うことができずに緞帳幕だけで行なうからだ。

「静香さん、それを見て結衣は女役者になりたいと思うたとおっしゃるか」

惣三郎が尋ねた。

「結衣は、お芝居がこんなに楽しいものだなんて、私今まで知らなかったなんて言いながら熱心に見ていたことは確かだけど」

とみわが洩らした。

「わが家では芸事に疎《うと》く、みわや結衣にあまり芝居見物などさせてはおりませぬ、それで芝居や踊りに魅《ひ》かれたということは考えられましょうがな」

しのが半信半疑という顔で呟く。

「私だって初めて宮地芝居を見たようなものよ。でも、お杏様が申されるように衣装が綺麗だとは思ったけど、女役者になりたいとか舞台で踊ってみたいなどとは考えもしなかったわ」

「みわ様と結衣様とでは齢が違いますからな、お芝居の印象もだいぶ違いましょうな」

と静香が言う。

「それにしても結衣様が中村座まで訪ねて行き、女では江戸の三座の舞台に立てないかと問うたのはよくせきの決心だぜ、師匠。だれかに芝居に誘われたかかな」

昇平が首を捻り、

「そこだ」

と応じたのは花火の房之助だ。

「先ほどみわ様と鍾馗様がうちに連れ立って来なさったとき、ちょいと気になったんでねえ、お二人に従わせて静香をこちらに出向かせ、わっしは宮地芝居の勧進元江戸《えど》祇太夫《ぎだゆう》を訪ねてきたんですよ」

房之助が言い出した。

「なんぞ分かったことがあったかな、親分」

「静香がみわ様、結衣様を誘った紫市乃丞一座ですがね、去年の暮れから正月にかけて芝神明で興行を半月あまり打っていた。その後、関八州を二月ほど旅芝居して、また江戸に戻ってきたのが十五、六日も前のことだそうだ」

官許の三座の大芝居のほかに、小芝居、宮地芝居と称する興行は、神社の境内などで臨時興行の「百日芝居」が許された。

宮地芝居で有名なのは芝神明、湯島天神《ゆしまてんじん》、神田明神《かんだみょうじん》などであった。

百日興行とはいえ、期限が切れたときは更新を願えば許されたというから、宮地芝居もまた常設芝居の一つであった。

ただ、三座の大芝居と違うところは、花道や廻り舞台、引き幕は許されなかったこと、また三座が町奉行支配下にあるのに対して、宮地芝居は寺社奉行の管轄《かんかつ》下となっていた。

そんな宮地芝居を仕切る勧進元の一人が江戸祇太夫だ。

「静香、あやつら、この芝神明で興行を打っていたんだ」

「おまえさん、わたしゃ、紫市乃丞一座が戻っていたなんて知らなかったよ」

女房の反論に房之助が頷き、

「結衣様が芝居小屋から出てくるところを鍾馗に見られたそうだが、その一座の名は五月《さつき》柳太郎《りゅうたろう》一座だ。そいつがさ、二月前は紫市乃丞一座と名乗っていたのさ」

「えっ、そりゃ、騙《だま》しじゃないか」

「旅廻りの芝居一座だ。同じ土地に戻るときなど演目を変えたついでに一座の名も別のものにして、興行を打つことはしばしばあらあ」

呆《あき》れた、と驚いた静香が、

「結衣様には馴染みの一座だったのかえ、おまえさん」

「そういうことだ」

「親分、五月一座、いや、紫一座には結衣のような娘もいたんですな」

「へえ」

と房之助が答え、静香が、

「五月柳太郎一座が紫市乃丞一座と一緒だというなら、年頃の娘が五、六人おりましたよ。結衣様よりは年上でしょうがねえ、踊りも所作も旅廻りの一座にしてはなかなか垢抜《あかぬ》けてました」

と答えた。

「おまえ様、結衣はその一座に加わって江戸を出たのでしょうか」

しのが惣三郎に訊く。

「一座は一日前に興行を終えて芝神明から別の土地に移ったのだ、結衣がその後を追っていったかどうか」

「師匠、結衣様と一座の間にどこかで落ち合う約束がついていたということは考えられないかえ」

昇平が尋ねた。

「もし結衣様が一座を追ったとするならば、そう考えたほうがよござんしょう」

「親分、その一座の行き先はどこなんです」

昇平が今からでも追いかけていきそうな顔つきで問うた。

「御府内ではもう興行は打たないと江戸祇太夫は言っておりましたよ」

「上方に戻ったのであろうか」

惣三郎が訊く。

「金杉様、五月柳太郎一座ですがねえ。上方じゃねえ、尾張名古屋《おわりなごや》から来た一座なんですよ」

「あれっ、わたしゃ紫市乃丞一座は浪速《なにわ》からの下り興行と聞いたがねえ」

「江戸祇太夫は名古屋からの一座と承知していた」

惣三郎の胸に黒い不安が過《よぎ》った。

「父上、まさか尾張様の手の者の一座ということはございますまいな」

みわが惣三郎の胸の中を察したように訊いた。

「お杏様の申されるとおり宮地芝居にしては衣装がきらびやかでございました。もしこれが尾張のどなたかの意を受けての策謀とすれば、腑《ふ》に落ちる話ではございませんか」

「尾張名古屋は芸事奨励《げいごとしょうれい》が江戸と違い、盛んと聞いております」

静香も口を揃えた。

金杉惣三郎は御三家尾張藩の徳川継友《つぐとも》、宗春《むねはる》兄弟が送り込む刺客と幾度も暗闘を繰り返してきた。そのことをこの場にいる全員が明白に、あるいはおぼろに察していた。

一介の剣術家が尾張と暗闘を繰り返す理由は、八代将軍就位を巡る尾張藩と紀伊藩の確執にあった。

就位四年、七代将軍家継《いえつぐ》がわずか八歳で他界したとき、御三家筆頭尾張の継友が八代将軍の座に一番近いと目されていた。だが、勝ちを得て将軍に就《つ》いたのは紀伊藩二代藩主光貞《みつさだ》の四男の吉宗《よしむね》であった。

以来八年、尾張の兄弟の落胆と怨恨の深さは、次々に江戸へと送り込まれる吉宗暗殺の刺客の数に表われていた。

吉宗の御盾になり、尾張の刺客団の矢面に立ち塞がってきたのが、大岡忠相《おおおかただすけ》であり、金杉惣三郎だ。

尾張の兄弟の、

「吉宗憎し」

は今や、

「金杉惣三郎憎し」

の怨念に凝《こ》り固まっていた。

幾度も放った刺客を斃《たお》された尾張の策謀は、近頃では巧妙を極めていた。

その矛先《ほこさき》は惣三郎ばかりか、武者修行中の清之助にも向けられ、さらには家族がその的になることも考えられないではなかった。

みわらはそのことを案じたのだ。

「みわ、滅多なことを申すものではないぞ」

とみわに注意した惣三郎に花火の親分が、

「五月柳太郎の一座は東海道を名古屋に向かったと聞いております。わっしはこれから家に戻り、旅仕度をして追いかけようと思います」

「それがしも同道しよう」

惣三郎も即答していた。

「金杉様、結衣様が一座に加わっているという確証はございません。わっしがまず一座に追いつき、それを確かめた後でも金杉様の出馬はようございますまいか」

房之助は五月柳太郎一座が結衣と無関係だった場合を案じていた。

惣三郎は猛進するよりも、じっくりと江戸で情勢を見極めたほうがよいと房之助は忠言していた。

「御用繁多《はんた》な親分にそのようなことを頼んで申し訳ない」

「御用は手先の信太郎《しんたろう》らが務めますんで、こっちは心配ございませんや」

「すまぬ」

「一座は二日ばかり先行しております。結衣様と落ち合うとすれば、どこぞで待っているということも考えられる。それに芝居一座だ、荷車に道具を積んでの道中でしょう。夜通し走れば箱根《はこね》の関所辺りまでには追いつくかもしれねえ」

「親分、おれを連れていってくんな」

　と昇平が言い出し、

「姐さん、いいだろう」

　とお杏に許しを乞うた。

「鍾馗、親分のお供で行っておいで。なんとしても結衣様を無事に助け出して、江戸に連れて戻るんだよ」

　お杏は結衣が芝居一座にいると決め付けた口調で命じた。

「おまえ様、どう致しましょうか」

　しのが惣三郎の顔を窺った。しばし考えた惣三郎が、

「親分、昇平、頼む。このとおりだ」

　と頭を下げて二人の急ぎ旅が決まった。


　翌朝、惣三郎はいつもの刻限に起きて、勝手掛老中水野忠之《みずのただゆき》の屋敷に剣術指南に出向く仕度をした。

　しのはすでに目を覚まし、仏壇の前で灯明を点《とも》して何ごとか念じていた。

「おまえ様、結衣は大丈夫でございましょうな」

「しの、そなた方に迷惑をかけるな、相すまぬ」

「おまえ様」

「結衣がただ単に役者に憧れ、旅一座に加わったとせよ。それならばそれで親分と昇平がなんとか話をつけてこられよう。よしんばその一座が尾張のご兄弟の命を受けた者たちだとしても、結衣をすぐにどうこうするということはあるまい。必ずやそれがしに連絡をつけてくる。そのとき、惣三郎が身を賭しても結衣を助け出す」

「はい」

「しの、ここは平静に落ち着くことが肝心だぞ。辛かろうが頼む」

「はっ、はい」

「稽古の後に南町奉行所に立ち寄って参る」

しのは頷くと高田酔心子兵庫を差し出した。受け取った惣三郎は、

「しの、金杉惣三郎を許せ。そしてな、今一度信じてくれ」

「お、おまえ様」

惣三郎はしのの涙を見ぬように長屋を出た。

　水野道場での剣術指南はいつもよりも時間が長く感じられた。水野家の江戸家老佐古神《さこがみ》次郎左衛門《じろうざえもん》といつもは朝餉の膳をともにする惣三郎だが、それを断わり、早々に西の丸近くの大名小路を出て、数寄屋橋《すきやばし》の南町奉行所を訪ねた。

　南町は非番月で大扉を閉ざしていた。通用口で、

「織田朝七《おだちょうしち》様にお目にかかりたい」

　と告げると、

「金杉様、どうぞお入りを」

　と顔見知りの門番が敷地への立ち入りを許し、玄関番の見習同心に惣三郎の来意を告げた。

　内玄関の前でしばらく待たされた後、大岡忠相の内与力織田朝七が姿を見せた。

「金杉どの、いかがなされた」

「ちと織田様のお耳に入れておきたい出来事がございまして」

「お奉行もおられるぞ」

「大岡様にはまだ早かろうと思います。織田様の胸に留めておいて下され」

「聞こう」

　織田は御用部屋に惣三郎を通した。

「なにが出来《しゅったい》した」

「わが末娘が家出を致しました」

と前置きして結衣失踪の顚末《てんまつ》を語った。

「娘が単に芝居に憧れ、女役者にならんとする話なれば織田様のお心を煩《わずら》わすこともございませぬ。ですが万が一、尾張のご兄弟が関わっていることとなれば、新たな策謀が企てられたということにございます」

うーむっ
と唸った織田が腕組みして瞑想《めいそう》した。

「それがしの勘じゃが、これは尾張の手が関わっていると見たほうがよい」

惣三郎は黙って首肯《しゅこう》した。

「寺社奉行の管轄《かんかつ》じゃが、お奉行に相談申し上げた上で宮地芝居の一座を調べてみる」

「この数日内には花火の親分がなんぞ知らせてきましょう」

「金杉どの、娘御一人のことと考えずにことに当たったほうがよろしかろう、よいな」

「畏まりました」

惣三郎は幾分胸の痞《つか》えが軽くなった気分で南町奉行所を出た。

その深夜、冠阿弥の長屋を何者かが訪れた気配がした。

惣三郎は寝床から起き上がると高田酔心子兵庫を摑んで土間に下りた。

力丸が甘えた声を上げ、惣三郎の長屋の前で足音が止まった。

「師匠、おれだ、昇平と花火の親分だ」

昇平の声に惣三郎は急いで戸を開いた。

夜道を歩いてきた様子の花火の房之助親分と鍾馗の昇平が、

「夜分、騒がして申し訳ござんせん」

「神奈川《かながわ》宿から戻ってきたんだ」

と口々に言いながら戸口に立っていた。

「ご苦労であったな。ささっ、早く上がられよ」

しのとみわが起きてきて行灯が点され、長火鉢の埋《うず》み火《び》が掻《か》き出された。

「しの、茶より酒がよかろう」

と命じた。

「昇平さん、どうだったの」

「結衣様が一座に加わったのは確かなようだぜ。一座は六郷を渡った川崎《かわさき》宿で結衣様らしい娘を待ち受けて、その足で神奈川宿まで急ぎ、湊《みなと》に待ち受けていた千石船に乗って姿を消しやがった」

　昇平の言葉に房之助が頷いた。

「鍾馗様の説明どおり、六郷の渡し舟を一人で乗ってきた娘が結衣様の様子とそっくりの上に、一座が待ち受ける川崎宿の旅籠を迷うことなく訪ねています。一座と話し合いがなされてのことですよ」

「なんということを」

　しのの嘆きが洩れた。

「神奈川の湊から千石船に乗ったとはどういうことか」

「金杉様、旅廻りの一座が船なんぞで道中をするものですか。追跡を恐れて、最初から海路で尾張に戻ることを仕度していたと見たほうがようございましょう」

「尾張の船か」

「船の名前は熱田丸《あつたまる》、宮《みや》が湊《みなと》にございまして回船問屋の伊勢屋神右衛門《いせやじんえもん》が持ち主です」

　熱田は尾張名古屋の外湊といっていい。宮は熱田の別名だ。

「それに……」

　と房之助が言った。

「金杉様、一座には二十七、八の侍が混じっておりました」

「なにっ、侍となＪ

「師匠、それがさ、鶴様《つるさま》と一座の者に呼ばれていたんだ」

昇平の言葉に惣三郎は、車坂の道場を訪れ久村左之助らに敗れたばかりか惣三郎から散々な稽古をつけられた八戸鶴太郎を思い出していた。

「鶴様とは石見道場を訪れた八戸鶴太郎の野郎だぜ」

鍾馗の昇平が言い切った。

「尾張が仕掛けた罠《わな》に結衣は、いや、われらは嵌《はま》ったか」

「まずそう考えてようございましょうな」

最後に花火の親分が断言した。

「おまえ様」

しのが途中で止めた酒の仕度をみわが引き継ぎ、夜道を駆けてきた二人に茶碗を持たせると熱燗《あつかん》を注いだ。

「しの、しばし考えさせてくれぬか」

「はい」

沈黙の時が続き、役目を果たした房之助と昇平は、

「頂戴します」

と一杯の茶碗酒を呑んだ後、

「今晩はこれで」

と長屋を早々に出ていった。戸口まで見送ったみわが、

「親分さん、昇平さん、ありがとう」

と礼を言った。

惣三郎はさらに半刻（一時間）あまり熟考した後、一通の手紙を書き上げた。

しのもみわも眠ることができず惣三郎の様子を見守っていた。

「しの、みわ、これより父は東海道を上る。この手紙だが明朝一番にて飛脚屋に頼め。よいな、早飛脚ぞ」

「はい」

と畏まって受け取ったみわは宛名《あてな》を確かめ、一瞬喜色を浮かべた。

第三章　柳生《やぎゅう》の若武者

一

天平《てんぴょう》の文化を育《はぐく》んだ平城京《へいじょうきょう》から東へ四里（約一五・六キロ）、四方を小高い山並みに囲まれた柳生盆地に万物が萌《も》え出る季節が巡ってきた。厳しい冬を耐えた植物が新しい芽を吹き、空を飛ぶ鳥の鳴き声は歓喜に満ちているように感じられた。

この柳生の里を南から北へと二つの川、打滝川《うちたきがわ》と布目川《ぬのめがわ》が流れ、木津川《きづがわ》へと注ぎ込む。

この二つの水流の力を借りて水車が回り、長閑《のどか》にも米や麦を搗《つ》く音が響いて、人々に春の訪れを告げていた。

享保六年（一七二一）に柳生家が幕府に差し出した書付によれば、柳生領は、

田畑合計七百十九町七反八畝二十三歩

領民男三千五百二十人女三千三百六十四人合計六千八百八十四人

とあった。

小さな藩だ。小さな里だ。

そしてこの地に柳生新陰流《しんかげりゅう》が生まれ、今も連綿《れんめん》と弟子たちによって伝承されていることに変わりはない。

だが、柳生一族の祖にして新陰流の創始者但馬守宗厳《たじまのかみむねよし》から数えて五代備前守俊方《びぜんのかみとしかた》の時代を迎え、柳生の技の神秘は薄れ、力は衰えていた。

今や柳生宗家は江戸にあって、幕閣の一員として剣術家ではなく政治家としての道を歩んでいた。

そんな折、柳生は一人の若武者を迎えた。

先の剣術大試合の次席に入った金杉清之助宗忠《むねただ》である。

この上覧試合の勝者は尾張柳生の八代当主柳生六郎兵衛厳儔《やぎゅうろくろべえよしとも》であった。だが、享保剣術大試合の勝者は今はもうこの世になく、新しき剣の時代は金杉清之助という若い剣者に託されようとしていた。

金杉清之助が柳生道場に寄宿して早三月が過ぎようとしていた。

清之助が他の門弟たちと一緒に寝食を共にし、正木坂道場《まさきざかどうじょう》で稽古を淡々《たんたん》と積むうちに、道場の雰囲気が一変した。

稽古の時間もどこか弛緩《しかん》していた空気が、

ぴーん

と張り詰め、緊張が最後まで持続するようになった。だが、その変化は清之助が大声を上げ、叱咤激励《しったげきれい》したせいで生まれたものではない。

清之助はこれまで山谷に寝起きして修行してきた日常を柳生の里でも繰り返していたに過ぎない。清之助はだれよりも早く床を離れて独り稽古に打ち込み、朝稽古の刻限になると道場に最初に入り、最後に出た。

こんな風に剣一筋に生きる求道者《ぐどうしゃ》の必死さに柳生の門弟たちが次第次第に惹《ひ》かれ、だれに指導されることなく皆が皆、自ら動くようになっていた。

夜明け前からの稽古は陽が三竿《さんかん》の高さに昇るまで続けられ、体がへとへとになって一旦終わった。

正木坂道場の下を流れる打滝川の流れの端に集まり、稽古で流した汗を拭《ぬぐ》い合うとき、疲労し切った体内に新たな力が蘇《よみがえ》り、爽やかな気持ちになった。

「清之助さん、それがしは稽古がこれほど楽しいものとは思わなかったぞ」

清之助と同じ年の百武善五郎《ひゃくたけぜんごろう》が笑いかけた。

善五郎は清之助が初めて柳生を訪れたとき、陣屋家老の小山田春右衛門《おやまだはるえもん》に命じられて立ち会った五人のうちの一人だ。一番手に対戦した善五郎は清之助と向かい合っただけで金縛《かなしば》りにあい、腰砕けに道場の床にへたり込んで、

「未熟者が！」

と小山田に叱咤されていた。

「それがし、近頃強くもなったような気がする」

「善五郎様がよう言われるわ」

と十七歳になったばかりの小山田五郎丸《ごろうまる》が言う。五郎丸は陣屋家老小山田家の血筋だ。

「それもこれも清之助どのが柳生に参られてな、変わったのだ」

と師範の笠間伝七郎《かさまでんしちろう》が言い出した。

笠間は五人のうち最後に対戦し得意の連続攻撃を仕掛けたが、清之助は動じる風もなく受け流した。

ばしり

と重い胴打ちを決められて笠間は完敗した。

その夜から笠間は、柳生新陰流の正木坂道場の師範という身分を忘れることにした。この若者が柳生に滞在する間に、悠揚《ゆうよう》たる構えに象徴される人柄と底知れぬ剣技の一端を学び取り、柳生宗家を復活させる足掛かりを作ると密かに心に誓っていた。

「いえ、それは違います。私はなにをしたわけではございませぬ。皆様一人ひとりの心の中になんぞ変化が生じた結果にございましょう」

「いや、われらに変わるための切っ掛けをそなたが与えたことは確かだぞ。そなたを迎えて、石舟斎《せきしゆうさい》様の剣の神秘と十兵衛《じゆうべえ》様の剛毅《ごうき》な力の柳生新陰流を取り戻す、それがしはそう誓うことにした。金杉清之助という若き剣客が、われら大和柳生がいかに井の中の蛙《かわず》であったかということを教え、また再生の希望を与えてもくれたのだ」

　師範の言葉にその場の全員が頷いた。

「師範、昼餉《ひるげ》の後は山稽古に出かけましょうか」

　はあああっ
　と悲鳴のような声が若い剣士たちの間から起こった。

「柳生の里を見下ろして古城山《こじようざん》に駆け上がり、天満神社《てんまじんじや》から極楽寺《ごくらくじ》へと駆け下り、百体地蔵《ひやくたいじぞう》へと山道を飛ぶように走られる清之助さんは、天狗《てんぐ》か野猿《ましら》のように見えるぞ。どうして高野山《こうやさん》の千日回峰《せんにちかいほう》を達せられた導師のように休みなく走れるのだ」

これも最初に対戦した一人の黒鍬平兵衛《くろくわへいべえ》が言う。

「黒鍬様、畢竟《ひっきょう》、剣の基本は足腰にございます。足腰が強靭《きょうじん》なれば何刻であれ、剣を振るうて狂うことはございません。参りましょうぞ」

「これがなければな、清之助様はよき人物なのだがな」

と五郎丸が呻き、周りから笑い声が起こった。

そんな光景を陣屋家老の小山田が屋敷の庭から望遠して、傍らの用人天野丹次《あまのたんじ》に話し掛けた。

「天野、柳生が変わったと思わぬか」

「ご家老、近頃笑い声が絶えませぬな。とはいえ、正木坂の連中が手を抜いておるわけではございませぬ。今まで以上に稽古に時間をかけ、その稽古たるや内容の濃いものにございます。だれ一人として力を出し惜しんでおる者はおりませぬ。それにもかかわらずあのように和気藹々《わきあいあい》としておる、不思議なことにございますな」

「すべてあの若者が変えたのだ。大和柳生を再生させる者は、自らの内にはいない。外から訪れた金杉清之助と申す若者の力によろう。江戸から俊方様が書き送られてきた文はやはり間違いではなかった」

「ご家老、あの者たちが稽古に邁進《まいしん》し、あのように腹を抱えて笑うせいでしょうか、米の減りが早うございます」

　と天野用人が困惑の表情を浮かべた。

「剣術三昧《ざんまい》に日を過ごす連中に飯を減らせとは申せまい」

「いかにもさようでございますが、困りました」

　小名の領地を預かる天野用人が嘆いた。

「心配致すな」

「と、ご家老は申されますが米がどこぞから降ってくるわけではございませぬ」

「それが二、三日内に届くのだ」

「届くとはどういうことにございますか」

「奈良のな、大和屋吉兵衛《やまとやきちべえ》が手紙を寄越《よこ》してな、米味噌醬油《しょうゆ》酒などを清之助どのの逗留《とうりゅう》の費《つい》えにと運んでくるそうじゃ。むろん清之助どのばかりの費えではない、われらも相伴《しょうばん》に与《あず》かろうという差し入れじゃ」

「ご家老、助かります」

　と天野用人が正直に答え、

「それにしても不思議な若者にございますな。吉宗様にも可愛がられ、大商人を魅惑し、われらを虜《とりこ》にする。よほど親御様の教えがよかったのでしょうか」

「清之助どのの父上は天下の浪人なれど、吉宗様の知恵袋大岡忠相様の懐刀《ふところがたな》にして稀《き》代《たい》の剣客というぞ。清之助どのもそのような人物の薫陶《くんとう》を受けられたゆえ、われらより高き頂《いただき》を目指しておられるのであろう」

「高き峰を志《こころざ》す者、低い頂を目指す者より人物技量はるかに大ならんですか」

「いかにもさようかな」

その昼下がり、門弟たちが清之助を先頭に柳生の山々を駆け巡っている間に、柳生陣屋に五人の訪問者があった。

尾張柳生の門弟であった。

知らせを聞いた小山田春右衛門は驚愕《きょうがく》した。

石舟斎宗厳は長子新次郎厳勝《しんじろうよしかつ》の二男利厳《としよし》を寵愛《ちょうあい》した。

天正《てんしょう》七年（一五七九）に柳生の里に生まれた利厳は父の厳勝が戦傷したため、祖父の石舟斎宗厳の厳しい稽古と深い薫陶を受けたが、その才、風貌《ふうぼう》ともに石舟斎に似ていたこともあり、石舟斎に溺愛《できあい》された。

石舟斎が没する二月前の慶長《けいちょう》十一年（一六〇六）二月、石舟斎が長年研究してきた刀術書、印可状《いんかじょう》とともに出雲永則《いずもながのり》の古刀を利厳に与えた。それは叔父にして大和柳生初代柳生宗矩《むねのり》を差し置いてのことであった。

その後、利厳は幾多の仕官の誘いを断わってきた。だが、元和《げんな》元年（一六一五）、犬山《いぬやま》城主成瀬《なるせ》隼人正《はやとのしょう》の推挙《すいきょ》で卒然として尾張徳川義直《よしなお》に仕えることになり、五百石を頂戴した。

以来、尾張の新陰流系譜は尾張藩内に伝承され、御流儀と称して大和江戸柳生と一線を画してきた。

同じ柳生新陰流を冠しながら大和江戸柳生と尾張柳生は一族の処し方、剣術への考え方などにおいて別々の道を歩んできたといえる。

それは石舟斎の没した慶長十一年の二月からだ。

以来、百十余年の歳月を経て、大和柳生の里に尾張柳生の五人の剣術家が訪れたのであった。

小山田は緊張の面持ちで陣屋の玄関に向かった。

旅仕度の五人は玄関先に片膝を突いて小山田を待ち受けていた。いずれも厳しい稽古に鍛え上げられた五体と風貌をした面々だ。

「尾張から参られたと聞いたが」

「家老小山田春右衛門様にございますな」

「いかにも」

「それがし、尾張柳生八代六郎兵衛厳儔高弟高麗村彪助《こまむらひょうすけ》にござる。此度《こたび》、師の六郎兵衛厳儔の命にて、尾張柳生の父祖の地、柳生の庄を訪れましてございます」

「ほう、六郎兵衛様の命でな」

小山田とて尾張柳生当代の六郎兵衛厳儔が享保剣術大試合に勝利を得た夜、尾張藩江戸屋敷の湯殿で奇態の剣客一条寺菊小童《いちじょうじきくこどう》に襲われ、非業《ひごう》の死を遂げていることを知らぬわけではなかった。

六郎兵衛を斃《たお》した菊小童は、さらに武者修行に出る金杉清之助を増上寺と愛宕権現《あたごごんげん》の切通しで待ち受け、襲った。

上覧試合の覇者と次席を斃して真の天下一がだれか世に知らしめるための、菊小童のいびつな行動であった。

だが、菊小童の秘剣「鞘《さや》の外」は清之助の霜夜炎返し《そうやほむらがえし》に敗れ、野望はついにならなかった。

吉宗上覧の場で天下を取ったのは尾張柳生だった。

だが、尾張柳生の有頂天は一瞬の裡《うち》に潰《つい》えた。

六郎兵衛厳儔の死は秘密に伏され、宝暦《ほうれき》六年（一七五六）二月六日まで公《おおやけ》にされることはない。

つまりこの時点において、尾張柳生の八代目六郎兵衛厳儔はこの世に存在しなかった。

だが、厳儔の高弟と称する高麗村彪助らは、その命で柳生を訪れたと言うのだ。

「確かに六郎兵衛様の命にて柳生に参られたか」

「いかにも。それがし、書状を持参してございます」

そうまで言われて玄関先だけで応対するわけにはいかなかった。

「道中ご苦労にござった。ささっ、お上がり下され」

と小山田は五人に草鞋《わらじ》を解くことを許した。

改めて小山田は書院で五人に対座した。

「六郎兵衛厳儔の書状にござる」

高麗村が道中嚢《どうちゅうのう》から取り出した書状を小山田に差し出し、小山田は恭《うやうや》しく受け取った。

書状を認《したた》めた当人はすでにこの世にない。小山田は尾張柳生の意図を推測できないまま、封を披《ひら》いた。

剛毅《ごうき》にして達筆《たっぴつ》なる筆遣いだった。

「今般尾張柳生の門弟五人を柳生の地に送りしは当流の祖、石舟斎宗厳様の遺徳《いとく》を偲《しの》び、且《か》つ兵庫助利厳様が石舟斎様に剣の手解きを受けた地にてこの者らを修行させんがために御座候。

大和柳生と尾張柳生は石舟斎宗厳様を同じ師と仰ぎながらこれまで交流が絶えてなき時代を過ごしし事、両派にとって真に不運不幸な事に候。

陣屋家老小山田殿、これを機に尾張柳生と大和柳生の技術交流を通して両派が切磋琢磨《せっさたくま》せんことを愚考《ぐこう》し候。

六郎兵衛厳儔の考えをご得心の上、高麗村彪助、毛利親之丞《もうりしんのじょう》、三宅殿兵衛《みやけでんべえ》、柳生小連也《これんや》斎光厳《さいみつとし》、嶋牧十蔵《しままきじゅうぞう》の五人をしばしの間、柳生道場に逗留修行方お願い申し候。

柳生陣屋家老小山田春右衛門殿　　　　柳生六郎兵衛厳儔」

書状に目を通した小山田はゆっくりと高麗村の顔に視線をやった。

「先の剣術大試合では六郎兵衛様のご活躍を聞き及び、同じ柳生新陰流を汲《く》むわれら、大いに力付けられたことにございました。遅ればせながらお祝い申し上げる」

「これは恐縮」

「六郎兵衛様はご壮健《そうけん》か」

「はっ、お蔭様にて天下一の覇者の栄誉を得て益々剣の道を究《きわ》めんと日々険しき修行に明け暮れておりまする」

と高麗村は平然と答えた。

「わが師の願い、聞き届けて頂けましょうや」

「われら大和柳生と尾張柳生は一衣帯水《いちいたいすい》の間柄にござれば、何故断わる理由がございましょうや」

小山田春右衛門は、一つの危惧《きぐ》を抱きながらも尾張柳生の当代の願いを無下に断わることはできなかった。

六郎兵衛が死去していることを承知していても公にされていない限り、尾張柳生の長はいまだ六郎兵衛その人なのだ。

小山田が危惧する一件とは、当然金杉清之助が柳生の里に滞在していることを承知で高麗村らが姿を現わしたであろうことだ。

小山田は金杉親子が尾張柳生の剣客らと幾多の戦いをなしてきたことを承知していた。それだけにこの五人の面々が柳生の里に単に剣術修行に訪れたとは思えなかった。

大和柳生は剣技において今や尾張柳生の後塵《こうじん》を拝していた。それだけに尾張の面々は柳生で修行する意味を持たない。だが、石舟斎の遺徳をと持ち出された以上、断われない、そのことを承知の申し出だ。

となるといよいよ五人は清之助目当ての柳生訪問と考えてよい。

（この一件をどうしたものか）

この五人が清之助暗殺の刺客であろうと小山田は推測しつつも、あの若者がこの面々に易々《やすやす》と斃されることはあるまいというおぼろな考えをも胸に生じさせていた。

（よし、この一件、清之助どのに任せよう）

と小山田は決断した。

「六郎兵衛様の書状によればお手前方五人のうち、柳生小連也斎を名乗られる方がおられるな、連也斎様のお血筋でござるか」

高麗村が頬に笑みを浮かべ、

「いかにもこの者、柳生七郎兵衛厳包《しちろべえとしかね》様の末裔《まつえい》にござる」

と五人の中で一番若い剣士を指し示した。

年の頃は十八くらいか、鋼鉄の筋肉に覆われた肉体の持ち主の高麗村ら四人とは異なり、まだ大人の体になりきってないような細身をしていた。また顔は透き通るように白い肌をしており、眉目秀麗《びもくしゅうれい》な若者であった。

小山田は涼しげな風姿に危険なものを感じ取っていた。

（ひょっとしたら五人の中で一番危険な剣術家ではないか）

「連也斎様は柳生一門の中でも十兵衛様と並ぶ剣客にござれば、小連也斎様を名乗られるそなたもさぞ秀でた剣術家かと推量致す」

「それがし血筋とは申せ、技量は連也斎様の足下にも及ばす、あまりの未熟ゆえ連也斎様に異名を頂き、一日も早く一人前の剣客になれと小をつけられたものにございます」

と白面の貴公子が応じた。

「ご謙遜《けんそん》あるな」

とにこやかに答えた小山田は言い出した。

「高麗村どの、小連也斎どの。恥ずかしながら柳生宗家たる大和柳生の力はただ今落ちてござる。そなた方が滞在なされても大和柳生からなんの力も技も得られぬであろう。だがな、ただ今当地に先の剣術大試合で六郎兵衛様と対戦された金杉清之助どのが滞在なされて、わが門弟どもと修行に励んでおられる。そなた方のよき稽古相手とならん」

「なにっ、あの金杉清之助どのがこちらに滞在とな」

高麗村がそ知らぬ顔で答えた。

「夕刻には山稽古から戻ってこられよう。その折、ご紹介申し上げよう」

「それは願ってもなきことかな」

「高麗村どの、ただ今正木坂道場のお長屋は住み込みの門弟でいっぱいでな。そなた方は今晩より、陣屋屋敷のお長屋に居住なされて好きなように過ごされよ。ここはそなた方にとっても故郷のような土地にござるゆえな」

「ありがたきお言葉かな」

と高麗村ら五人が小山田の前に平伏した。

二

清之助と柳生道場の門弟たちが正木坂の道場に戻り着いたのは暮れ六つ（午後六時）の刻限であった。

清之助はまず汗みどろの体や手足を打滝川の水で清めるために流れに足を浸《ひた》した。

師範の笠間らは土手に腰を落として肩で荒い息をした。気息奄々《きそくえんえん》としばらくだれも口を利く者はいなかった。

「師範、なんとも気持ちのよい感触ですぞ」

はあはあっ

と弾んだ息の下で、

「清之助どの、そなたはやはり天狗様の親戚《しんせき》か野猿じゃぞ。あの重い赤樫の木刀を振り振り、山坂何里も走って平然としておられるとはどういうことか」

と恨めしげに吐き出した。

「師範、柳生の山並みはさほど険しくはございません」

「われらは腰が抜けてすぐには立てぬ」

と言いながらも笠間がよろよろと岸辺に下りて水の中に両足を浸した。

「清之助どのの尽きぬ力の源はなんでござるか」

「さて、力の源など考えたこともございませぬ。ただ今は道場の稽古も山谷を走り回ることも楽しゅうてなりませぬ、ただそれだけのことにございます」

「ただ今はと申されましたが、昔は違ったのでございますか」

百武善五郎が若草の茂る土手を尻で滑《すべ》り下りてきて訊いた。

「十三、四歳の折は家には道場に行くと申しまして、悪戯《いたずら》仲間と遊んでばかりおりました。道場の稽古よりそちらのほうがなんぼか面白かったのです。師匠や父上に何度叱られたか。今考えると不思議な気がします」

「いつ頃から剣術の稽古が面白く感じられるようになられましたな」

老練の荘田常彦《そうだつねひこ》が会話に加わった。

「わが師、一刀流の石見銕太郎先生が鹿島《かしま》の米津寛兵衛老師の下で住み込み修行をするようにお計らい下さったのが十六の年にございました。米津老師のお蔭で剣の面白さと奥の深さがおぼろに感じられるようになったのでございます」

「なんと清之助さんは十六歳で剣に取り付かれましたか。それがしなどいまだその域に達せずです」

と善五郎が苦笑いした。

「百武どの、感じたばかりでその後はいまだ五里霧中《ごりむちゅう》です」

「えっ、清之助さんが五里霧中なればわれらはどう言えばよいのですか」

「迷いの最中にあるゆえに必死に修行をなすのかも知れませんよ」

「そうかな、それがしなど早く免許を頂いて棒振りはそこそこにしたいのだがな」

善五郎が正直な気持ちを吐露《とろ》した。

「善五郎、そのような気持ちでどうする。われら、石舟斎様や十兵衛三厳《みつよし》様の流れを汲《く》む者ぞ。清之助どのがおられる間に大和柳生の技と力を今一度天下に知らしめねばならぬのだぞ」

「師範、そうは申されますが前途遼遠《りょうえん》、いつ果てるともなき修行にときに無駄口を叩いてみたくもなります。師範はありませぬか」

「善五郎、屁理屈を申すな」

と笠間が答えたとき、

「伝七郎様」

と土手の向こうから陣屋屋敷の小者が呼んだ。

「なんだ、富造爺《とみぞうじい》」

「家老様がお呼びですよ」

「おおっ、今参る」

「いえ、その恰好ではなりませぬ」

「なに、稽古着ではならぬか」

「へえっ、それに笠間様ばかりではねえ。黒鍬様、荘田様、陣内《じんない》様、それに金杉清之助様もお呼びです」

大和柳生正木坂道場の幹部連と清之助が呼ばれたことになる。

「清之助どのまでお呼び出しとはなんであろうな。富造爺、その理由を承知か」

「尾張柳生の剣術家五人が陣屋をお訪ねになっておるだよ、それと関わりあるべえ」

「なんだと、尾張柳生だと。なんぞ間違いではないか」

「玄関先で柳生六郎兵衛厳儔様の文を持って参じられたと、大声で口上を述べられただよ、間違いねえ」

清之助は訝《いぶか》しいと思った。

柳生六郎兵衛が菊小童にすでに殺害されていることを承知していたからだ。

笠間は笠間で清之助が尾張柳生と暗闘を繰り返していることを知っていた。ひょっとしたらなにか企てがあってのことかと考えを回《めぐ》らした。

「清之助どの、早々に着替えて陣屋に参ろうか」

笠間の言葉に清之助は頷いた。

尾張柳生の剣術家高麗村彪助ら五人に、大和柳生の師範笠間伝七郎らと金杉清之助は陣屋の奥座敷で対面した。

「笠間、思いがけなくも尾張の六郎兵衛様が石舟斎様の遺徳を偲ぶために高弟五人を柳生の里に送ってこられた。俊方様在府じゃが、それがしの一存で高麗村どのらの受け入れを許した。むろん逗留中は正木坂道場で稽古を一緒になさりたいとのご希望じゃ。今でこそ尾張と大和の交流は絶えておるが、その昔、石舟斎様ご存命の頃は尾張も大和もなく切磋琢磨した仲、血はなににも増して濃いと申す。互いに剣技を惜《お》しみなく教え合い、学び合ってな、有意義なご滞在になるように務めよ」

「畏まって候」

　と笠間伝七郎が緊張の様子で答えた。

　清之助は尾張柳生の五人の挙動を見ていたが、頭分のように振る舞う高麗村彪助より、柳生小連也斎の存在を不気味に思った。

　五人は確かに思惑を隠して柳生にやってきていた。その真意は奈辺にあるのか、その鍵《かぎ》は小連也斎だと思った。

　小山田が双方の門弟衆を紹介し、最後に、

「高麗村氏、そなた方にご紹介申そう。先の剣術大試合でそなた方の師、六郎兵衛厳儔様と対戦なされた金杉清之助どのだ」

「そなたが六郎兵衛様に挑み、敗北された金杉どのか。やはりお若いのう」

　と高麗村が言い放った。

「あいや、高麗村氏、若うてもその実力侮《あなど》りがたし。明日からの稽古が楽しみですぞ」

　と高麗村の言葉に笠間が抑えた口調で言い返した。

「尾張柳生の方々、金杉清之助にございます。思いがけない六郎兵衛様との対戦におのれの未熟を思い知らされ、あの夜のうちに回国修行の旅に出ました。それがしの師匠のお一人は六郎兵衛様と勝手に決めております」

よしなに、と笑みを浮かべた清之助が頭を下げ、顔合わせは済んだ。

小山田の計らいで尾張柳生の五人を迎えた宴が陣屋屋敷で開かれた。

百十余年の恩讐《おんしゅう》を越えて相見《あいまみ》えた尾張柳生と大和柳生の間に活発な会話が交わされたわけではなかった。小山田や笠間がなんぞ話題を持ち出してもすぐに話の接《つ》ぎ穂を失い、沈黙が漂った。

「尾張衆も道中をして参られ、疲れておられよう。明日からの稽古もある。今宵はお開きに致そうか」

との小山田の言葉を笠間らは、ほっとした気持ちで聞いた。

陣屋屋敷から正木坂道場への道を辿りながら、笠間が早速清之助に問うた。

「清之助どの、尾張の真意はどこにあると思う。両派は慶長十一年以来交流が絶えていたのだぞ。それが突然なんの前触れも断わりもなしにやってきた」

笠間が今出てきたばかりの陣屋屋敷を振り見た。

「師範、推量もつきませぬ」

「大和柳生が狙いか、はたまた清之助どのを付け狙ってのことか」

「ご家老小山田様が滞在を許されたのです。快く道場の稽古に迎え入れましょう。だが、油断は禁物にございます。門弟衆もこれまで以上に緊張を強《し》いられる日々が続きましょうな。絶対に一人で行動してはなりませぬ」

「いかにも」

五人は黙々と正木坂道場の長屋へと戻っていった。

翌朝、清之助が独り稽古をしていると、どこからともなく見詰められている気配を感じた。

だが、清之助の行動にはなんの変化もなく無心に稽古に没頭した。

およそ一刻（二時間）汗を流して七つ（午前四時）を迎えた。すると正木坂道場に住み込みの門弟たちが集まり、まず道場を清めた。

正木坂道場は北側に見所が設けられ、南、東、西三方の壁際に道場よりも高く幅一間（約一・八メートル）の畳敷きが伸びて、稽古の前後にそこで全門弟が座禅をなすのが慣わしだ。

剣禅一如《けんぜんいちによ》が宗矩以来の柳生新陰流の根本の思想であったからだ。さらにその考えを発展させたのが活人剣だ。

初代但馬守宗矩は、『兵法家伝書』にこう説く。

「兵法は人を斬るとばかりおもふはひがことなり、人を斬るにあらず、一人の悪をころして万人を活かすはかりごとなり」

この考えが大和柳生をして徳川幕府を支える幕閣に昇らせ、政治家として成功させた。

とまれ。

その考えに基づいて柳生宗家の武術は日々研鑽《けんさん》が積まれていた。その中に、

「剣は畢竟《ひっきょう》人を斬るものなり」

という戦国時代の気風を残した五人が姿を見せて混じり合おうとしていた。

座禅の刻限になっても尾張の五人が姿を見せることはなかった。

だが、門弟たちが心を鎮めて両眼を静かに開いてみると、いつの間に現われたか、稽古着の五人が道場の中央に座していた。

「おおっ、参られたか」

笠間伝七郎が尾張柳生の高麗村彪助らを門弟たちに紹介し、いつもの稽古が始まった。

大和柳生では独特の袋竹刀を稽古に用いた。

清之助は正木坂道場では愛用の木刀四尺（約一二一センチ）を使わず、門弟衆と同じ袋竹刀を用いた。尾張柳生の高麗村らは持参した木刀を使って、体をほぐし、打ち込み稽古を始めた。

この様子を見た笠間が、

「善五郎、よき機会である。尾張の方々に稽古をつけてもらえ」

　と言うと自らも高麗村に、

「高麗村どの、われら、大和柳生は井の中の蛙の如く大海を知らずして生きて参りました。金杉清之助どのが柳生に参られ、そのことを教えられたのです。此度もそなたら、尾張柳生の衆の来訪がわれらに大いなる刺激を与えてくれました。それがしに一手ご指南を願います」

　と柳生宗家側から頭を下げて稽古を願った。

　それを見た陣内らも尾張柳生の面々に稽古を申し込み、打ち込み稽古が張り詰めた雰囲気の中に始められた。

　木刀と袋竹刀の打ち込み稽古であった。互いに攻めに回り、受けに変じる打ち込み稽古だ。息を抜くことは怪我《けが》を意味した。袋竹刀での打ち込みなればこの緊張は軽かった。だが、相手が木刀となれば受け損じれば大怪我につながる。さらに相手は百十余年の交流断絶の後、突然訪れた尾張柳生の剣客たちだ。

　緊張しないほうがおかしい。

　清之助はその様子を見ていた。

　笠間は高麗村に虚心に教えを請おうとしていた。

高麗村は悠然と受け流し、時に笠間に攻勢を許したりした。

それは一見実力伯仲《はくちゅう》の応酬に見えた。

だが、高麗村は五分から六分の力で笠間と打ち合い、一方笠間は必死の力と技を搾《しぼ》り出して高麗村に応じていた。

清之助が見ていると、笠間の面上には、

（おや、尾張柳生とはこの程度の力か）

という自信めいた表情が漂い、それが笠間を伸び伸びと動かし始めていた。

百武善五郎も黒鍬平兵衛も荘田常彦も陣内右京大夫《うきょうだいぶ》も尾張柳生の剣術家と対しながら、同格の稽古を繰り広げていた。

次々に相手が替わる打ち込み稽古が続いたが、尾張柳生の五人が清之助に稽古を挑むことはなかった。


昼前、稽古を終えた。

一同が高床に座禅を組んで瞑想し、心を鎮めたとき、すでに尾張柳生の五人の姿は正木坂道場から消えていた。

いつものように打滝川の流れで清之助らは汗を流した。

「師範、意外とわれらも太刀打ちできますね」

と善五郎が言い出した。

「うーむ」

と笠間が首を捻り、清之助に視線を向けた。

「清之助どの、どう考えられる」

「尾張の衆は正体を隠しておられます」

「やはり」

と笠間伝七郎が頷いた。

「それがし、最初は手足の一、二本も折られる覚悟で高麗村どのに挑んだのだがな、途中から、おや、尾張柳生の打撃はこんなものかと考え直すようになった」

「師範、そこです」

と善五郎が口を挟んだ。

「昨年までのわれらであれば尾張衆の打撃をまともに食らっていたでしょう。ですが、清之助さんが柳生に滞在されるようになり、稽古の中身が濃密にして激しくも多彩に変わりました。われらは知らず知らずに尾張柳生の攻め太刀を受け流す力をつけたのではございませぬか」

「善五郎、それはどうかのう」

陣内右京大夫が首を傾げた。

「清之助どのが申されるように、尾張衆は自らの正体を隠した上に剣技もせいぜい五分か六分の力しか出しておらぬ。その力でわれらを弄《もてあそ》んだのではないか」

「それがしもどう考えてよいか迷っておる」

と黒鍬平兵衛が口を挟んだ。

「荘田様はどう考えられますな」

老練の剣客荘田は高麗村、小連也斎と打ち込み稽古をしていた。

「われら大和柳生は軽くあしらわれたのだ」

「どうしてそう言いきれますな、荘田様」

と善五郎が食い下がった。

「理由は一つだ、善五郎。尾張衆は清之助どのとの稽古を望まなかった。清之助どのと打ち込み稽古を致さば、力を隠しておることが露呈するからな」

「やはりのう」

陣内が得心したように言い、笠間も、

「それがしもそう思う」

と賛意を示した。

「師範、われらは嘗《な》められておるのですか」

「善五郎、われらは慢心することもなく、また卑下することもなく、今のわれらの力を正しく認識するだけだ。その上で地道な稽古を積もうではないか。そこに尾張衆がいようといまいと普段どおりの稽古を致そう」

「師範の申されるとおりです。石舟斎宗厳様の『宗厳兵法百首』の中に、『兵法の極意は五常《ごじょう》の義に有《あり》とこころのおくに絶えずたしなめ』とございましたが、宗厳様の教えどおりに尾張衆をもてなしましょうぞ」

五常の義とは、

「仁《じん》、義《ぎ》、礼《れい》、智《ち》、信《しん》」

のことだ。

「いかにもいかにも」

と荘田が言い、笠間が、

「ならば、清之助どのの再三の注意の如く、一瞬の油断もならじだな」

と宣言して一同が頷いた。

その昼下がり、大和屋吉兵衛が四台もの荷車に米、味噌、醬油、酒、魚などを積んで柳生の里を訪れた。

正木坂を下ってくる荷車を見た清之助らは道場から飛び出して迎えにいった。

「清之助様」

と荷車の傍らから桜《さくら》と梅《うめ》が手を振った。

「おおっ、桜どのと梅どのも爺様の供で来られたか」

「清之助様がどのようなお暮らしをなさっているか見に参じました」

姉の桜が頰を染めて言う。

「それはかたじけないことにございます」

と笑いかけた清之助は吉兵衛に、

「大変な品にございますな」

「清之助様が厄介《やっかい》になっておりますでな、柳生陣屋に陣中見舞いに参りました」

「なんとこれらの米味噌は陣中見舞いにございますか」

「いかにもさようと申し上げとうございますがな、それを理由にな、清之助様のお顔を桜と梅ともども拝見に参りましたんや」

「お心遣い申し訳なく思うております」

門弟たちが加わり、荷車を柳生陣屋へと、

「えいさえいさ」

と押し上げていった。

三

内心期待していた小山田春右衛門だったが、あまりの量に、

「大和屋、清之助どの一人の食い扶持《ぶち》にしては大量の品々じゃのう」

と驚きの顔で言ったものだ。

「皆さんでお召し上がり下され」

「ありがたく頂戴致す」

玄関先での問答だ。

「大和屋、ささっ、上がってくれ」

と座敷に招じ入れようとする小山田に笠間が訊いた。

「尾張柳生の衆はおられませぬか」

「山稽古と申されて出かけられた」

「尾張の衆と申されますと」

吉兵衛が訊いた。

柳生の里に清之助を伴った折、尾張柳生の息がかかった一統に襲われた経験を持つ吉兵衛だ、聞き逃すことのできない言葉だった。

「大和屋、突然尾張柳生の面々が六郎兵衛様の書状を手に当家を訪れてな、石舟斎様の遺徳を偲び、大和柳生の地で修行をさせてくれとの申し出があったのだ」

ほう、と返事した吉兵衛が首を捻った。

「それについて、ちと内密の話がございます」

吉兵衛の言葉に小山田が頷き、吉兵衛とともに奥へと消えた。

清之助は桜と梅に陣屋屋敷の高台から柳生の里を望遠させ、

「ほれ、あの建物が清之助の稽古をする正木坂道場ですよ」

とか、

「あの山門が柳生の一族と縁の深い芳徳禅寺《ほうとくぜんじ》です」

などと説明していると、陣屋の用人天野が、

「清之助様、家老がしばしお時間をと言っておられます」

と呼びにきた。

　清之助は桜と梅の世話を若い善五郎らに頼み、座敷に向かった。すると書院で小山田と吉兵衛が深刻な顔で向き合っていた。

　清之助は対座する二人から少し離れた場所に腰を下ろし、問いかけた。

「どうなされました」

「大和屋が申すには、尾張柳生の八代柳生六郎兵衛様はすでに身罷《みまか》ったと言うのだ」

「いえね、清之助様、うちはこないな商いだすによって、お武家様やら公卿《くぎょう》様とも繋がりがございますんや。どことは申せませんがな、尾張柳生の八代目は清之助様と対決なされた日の夜になんぞ騒ぎがあって巻き込まれ、亡くなったという話を近頃聞き込みましたんや」

「もしそれが真実なれば、あの五人が持参した六郎兵衛様の書状は偽書《ぎしょ》ということになる」

　小山田が新たな難題を抱え込んだという顔で清之助を見た。むろん小山田も六郎兵衛の死は察知していた。だが、それは公の死ではない。大和屋吉兵衛が持ち込んだ風聞を機会に清之助に糾《ただ》そうとしていたのだ。

「六郎兵衛様は二年前に身罷られたか、ご存命か、どう考えたらよろしやろかと家老様と思案しておるところだす」

清之助はしばし沈思した後、口を開いた。そこまで六郎兵衛の死が世間に広まっているとしたら、柳生宗家の陣屋家老は当然真実を知っているべきではないか、と思ってのことだ。

「吉兵衛様が聞き込まれた柳生六郎兵衛様の死は真実にございます」

「やはりそなたは存じておられたか」

と思わず小山田が言った。

「小山田様、黙っていて申し訳ないことにございました。尾張柳生が公表せぬかぎり、六郎兵衛様は生きてこの世にあると思うことにしておりました。真相はこうと父から聞き及んでおります」

と前置きして享保剣術大試合の夜、六郎兵衛が尾張藩江戸屋敷の湯殿で異能の剣客一条寺菊小童に襲われ、惨死した経緯を語った。

「なんと、やはりわてが耳にした噂は真実だしたか」

「いかにも真実にございます」

「その菊小童とやら、天下一の剣者を斃《たお》すほどの異才の者であったか」

と呟いた小山田が、

「六郎兵衛どのを菊小童が斃したとなれば、天下一の剣者は一条寺菊小童ではないか」

「菊小童の狙いは覇者の六郎兵衛様を斃して天下一を名乗ることにあったのでございましょう」

「でも菊小童の話、あまり聞きまへんな」

と吉兵衛が首を捻った。

「話しかけたゆえに最後まで申し上げます。六郎兵衛様の不意を襲って斃した一条寺菊小童は、その直後に私を襲ったのでございます」

「な、なんと申されたか」

「清之助様、えらいこっちゃ」

二人が口々に驚きの声を上げた。

「私はその夜、石見銕太郎先生の車坂道場を出て、回国修行の途に就きました。道場から東海道に出んと増上寺の切通しにさしかかった私を菊小童が待ち受けておりました」

二人が息を飲んだ。

「菊小童は京の公卿衆の間に密かに伝承されてきた内裏《だいり》一剣《いっけん》流の会得者にございまして、『鞘の内』と『鞘の外』なる秘剣を盗み出して浪々の剣士になったのです。この者、口が不自由ゆえにその存在があまり世に知られてはおりませんが、それがしが出会った剣術家中、一、二を争う恐ろしき人物にございました。それがし、後々しばしば菊小童のことを考えることがございました。この者、おそらく上様上覧の剣術大試合に出たかったのではございますまいか。だが、出自が出自の上に口が利けませぬ、試合に出る手続きすらできなかった。そこで天下一になられた柳生六郎兵衛様と次席になったそれがしを襲ったのではなかろうか」

「せ、清之助様、菊小童と雌雄《しゆう》を決せられたんでっか」

吉兵衛の問いに清之助が頷いた。

　小山田が息を飲んだ音が座敷に響いて、

「菊小童は『鞘の外』で、それがしは『霜夜炎返し』で相見え、最後の決着では菊小童の斬り上げとそれがしの虚空からの斬り下げが同時に仕掛けられました。一瞬の差でそれがしが生き残ることになり申した」

　ふうーっ
　という息が小山田と吉兵衛の口から同時に洩れた。

　しばし沈黙が続いた後、吉兵衛が言い出した。

「享保六年十一月十五日の上覧剣術大試合には表と闇、二つの戦いがあったということですな」

「大和屋、いかにもさようじゃ」

「表舞台の戦いは六郎兵衛様が勝ちを納められた。だが、闇の巴《ともえ》戦は清之助様が勝ち残られた。となれば真の天下一は金杉清之助様ではございませぬか」

「いかにもそういうことじゃぞ、大和屋」

吉兵衛と小山田が眼前の若武者を見た。

清之助は困惑の表情を浮かべて顔を赤くした。

「吉宗様が己が宗の一字を与え、金杉清之助宗忠《むねただ》と名乗るように許され、そして脇差相模《さがみの》国広光《くにひろみつ》を贈られたには秘された事情があったのかもしれませんな」

と小山田が言った。

「さて、となると尾張衆五人の剣客が持参した六郎兵衛様の手紙は偽書ということになる。あやつらは尾張柳生の門弟かどうか」

小山田が清之助を見た。

「あの五人、尾張柳生と見て間違いございますまい」

「ならば狙いはなにか。大和柳生を殲滅《せんめつ》して柳生を尾張一派に統一することか、はたまた金杉清之助どのを暗殺するためにあのような小細工を弄《ろう》して柳生に接近したか」

「小山田様、その二つともが狙いとは考えられませぬか。尾張の継友様は、八代将軍位の座を巡って吉宗様に敗北なされた。その恨みはいまだ深しと聞いております。そのご兄弟のご流儀が尾張柳生、そして、吉宗様の御側には大和柳生の柳生俊方様が仕えておられる。さらには金杉惣三郎、清之助様親子もおられる。尾張が覇権を握るためには恐れながら吉宗様を亡き者にせねばならない。その前に立ちはだかるのが大和柳生であり、金杉様親子なのですからな」

「大和屋はあの五人がわれら大和柳生を殲滅し、清之助どのを暗殺するために柳生を訪れたと申すのだな」

小山田が念を押した。

「素人考えにございますがな、そんな気がしてなりまへんのや」

「あるやも知れぬ」

と答えた小山田が腕組みして考え、

「あの者らの処遇、どうしたものかのう」

と清之助に訊いた。

「小山田様、尾張柳生の門弟と名乗られた五人は石舟斎様の遺徳を偲び、柳生新陰流誕生の地で修行がしたいと参られた面々です、その背後になにが隠されていようとその申し出をお断わりになれば、大和柳生はなんと尻の穴の小さき者たちよと世に喧伝《けんでん》いたしましょう」

「いかにもありそうな」

「剣者なれば剣者として遇する、それしか手はございますまい」

「やつらが正体を見せたときはどうするな」

「五常《ごじょう》の義に反せし者たちの末路は決まっております」

清之助がきっぱりと言い切った。

さらに沈思した小山田春右衛門が短く、

「よし」

と腹を括《くく》ったように応じた。

「ご家老にお願いがございます」

「なんじゃな」

「大和屋様方は今晩陣屋屋敷にお泊まりでございましょう」

「大和屋が参るときはいつも決まっておる」

「大和屋様は孫娘の桜様と梅様を同道なされておられます、なにか起こってもいけませぬ。あの者たちと大和屋様一行を同じ屋根の下、陣屋屋敷に泊めてはなりませぬ。正木坂のお長屋にお泊め願えませぬか」

「それはよき考えじゃが、正木坂道場の長屋はもはやいっぱいの上に、むさかろう。なにしろ男ばかりが暮らす長屋ゆえな」

「なんぞ起こるよりましです。われら数人道場に移り、一室を吉兵衛様に空けます。一晩我慢して下さい、吉兵衛様」

「清之助様のお近くにいたほうが安心にございますよ、男臭いくらいはなんのことがありましょうか」

「ならば面々が帰ってくる前に正木坂へと移りましょう」

清之助が立ち上がり、吉兵衛も従った。

大八車に陣屋屋敷の夜具やら、また奈良から運んできた米、味噌、醬油、野菜、酒の一部を積んで、土の手入れを始めたばかりの田圃《たんぼ》の間の道を清之助らが正木坂道場に向かった。

大八車の後ろには桜と梅が腰掛け、

「清之助様、柳生の庄はえらく鄙《ひな》びたところでございますな」

と梅が言う。その周りには若い連中が集まっていた。

一行の先頭は師範の笠間と吉兵衛らだ。

「柳生家は在府のお大名ゆえな、俊方様も江戸におられる。ゆえに国許の柳生は長閑《のどか》なものです。ですが梅どの、この静けさが剣の道を志される方々には絶好の地なのです」

「清之助様は退屈なされませぬか」

「なんで退屈など致しましょう。沢山のお仲間がこのようにおられ、一日じゅう剣の修行に明け暮れておられるのです」

清之助が傍らを行く百武善五郎を見た。

「梅さん、それがしは清之助さんと違い、時に都大路を訪ね、きらびやかな通りに戻りたいと思います」

「善五郎はいまだ煩悩《ぼんのう》の塊《かたまり》ゆえな」

年上の門弟が笑った。

「そう申されますな。それがし、まだ二十歳を越えたばかりですぞ。禅宗の坊様ではございませぬ。好きな女性《にょしょう》のことや酒のことなど、あれこれと考えるのは人の常にございます」

と善五郎が反論した。

「清之助さんは煩悩などないのですか」

「ございますとも」

「ほれご覧なさい。清之助さんも聖人君子ではありませんよ」

「あれもしたいこれもしたいと考えるゆえに、剣術に没頭して忘れるように努めております」

若い二人の会話に桜が加わった。

「清之助様、お訊きしてよろしゅうございますか」

「なんなりとどうぞ」

「ほんとうによろしいのですね」

「桜どの、清之助に二言はございませぬ」

「葉月《はづき》様のことをお考えになられることもございますか」

「えっ！　桜どのはどうしてそのようなことをご承知なのですか」

清之助が慌てた。

「善五郎様、清之助様もあなた様と同じようにお好きな女《かた》のことを思い出しては修行の励みになされておられるのですよ」

「よかった」

と善五郎が安堵の顔をした。

「桜どの、それにしてもどうして葉月様の名を存じておられるのですか」

と清之助が首を捻った。

「清之助様のお母上がうちにお礼状を寄越《よこ》されたのです。その中で葉月様と一緒に清之助様の旅のご無事を近くの芝神明宮へお祈りに参られると書いてこられました」

「そうでしたか」

ようやく得心した清之助に善五郎が言った。

「清之助さん、葉月様とはお好きな女性の方ですよね」

「はい」

「はいって、清之助さんはえらく素直に答えられるぞ」

と拍子抜けした善五郎が、

「清之助さん、葉月様がおられては回国修行の邪魔になりませぬか」

と訊いた。

「家族のことを思い、好きな女のことを思うことは修行の妨げと考え、悩んだ時期もございましたね。そんな折、父が修行先の四国遍路五十番札所の繁多寺《はんたじ》に手紙を送ってこられたのです。それは老師米津寛兵衛先生の非業の死を告げる手紙にございました……」

思いがけぬ清之助の話に大八車の周りが黙り込んだ。

「その手紙の末尾に父は葉月様のことに触れていました……家族を思う気持ちと同じく葉月どのを想う心、なんら修行の妨げにならず。父もまたそなたの母やしのを慕いつつ修行に明け暮れ候、とございました。それがし、米津寛兵衛先生を失いし心の打撃を父の手紙で癒《いや》されたことといかばかりにございましょう。以来、清之助は脳裏に母を思い浮かべれば母を想い、葉月様の面影が浮かべば葉月様と会話することにしました」

「清之助さんのお父上はお偉いな。そのようなことはなかなか男子には言えぬものだ。さすがに清之助さんのお父上だぞ。それに素直に話される清之助さんも偉い」

善五郎が感心しきりだ。

「馬鹿、善五郎め。清之助どののお父上は天下の剣客金杉惣三郎様だぞ、父上がおられるゆえにこのような清之助どのが生まれたのじゃぞ」

仲間の一人が善五郎に言う。

「それがしの父も女性を想うところまでは金杉惣三郎様と一緒ですがな、その後がよくない」

「善五郎、そなたの父上はどうなされたのだ」

「伊勢《いせ》参りに行き、伊勢の飯盛り女に狂うてそのままわれらを見捨てて逗留《とうりゅう》しました」

「おやおや、父が違うと子もこう出来が違うか」

仲間が言い、その場の全員から笑い声が洩れた。

「言わなければよかった」

とぼやく善五郎に桜が、

「いえ、善五郎さんはそのようなお父上にもかかわらず、ちゃんと修行をなされておられるのですから、清之助様よりずっと偉いとも言えます」

と慰めた。

「ほう、桜さんに褒《ほ》めて頂いたぞ」

桜が頷くと清之助に視線を移し、

「清之助様、葉月様から文を頂いたことはございませぬか」

「さすがに葉月様は遠慮なされておられます」

「桜がご褒美《ほうび》を清之助様に差し上げます」

「なんでございましょうな、桜どののご褒美とは」

桜が背に負った風呂敷包みを解くと中から手紙を取り出して、

「うち宛てに来たしの様の手紙に、清之助様に宛てた手紙と葉月様の文が同封されておりました。このお手紙がご褒美です」

清之助の顔がぱあっと喜色に綻《ほころ》んだ。

「桜どの、清之助にそれに勝る褒美はございませぬ」

「どうしてこうも清之助様は素直なのかしら」

梅が笑い、桜が、

「それも嫌味に聞こえないの、人徳かしら」

と応じると、善五郎が、

「それがしが申すと嫌味に聞こえますか」

と二人の姉妹に訊いた。

「おおっ、そなたが答えると嫌味どころか嘘っぽいわ。これも百武善五郎の人物のなせる業じゃぞ」

と仲間が大笑いしたとき、大八車がふいに停止した。

四

一行の前に山稽古を終えた尾張柳生衆の高麗村ら五人がいて、笠間らと話していた。

「お稽古ご苦労に存じます」

清之助が一行の前に行くと声をかけた。

「金杉どの、奈良からわざわざそなたを訪ねて大和屋が出てきたそうな」

高麗村が大八車を降りてきた桜と梅の姉妹をぎょろりと見た。柳生小連也斎は関心がないのか十兵衛杉《じゅうべえすぎ》の辺りの空を見ていた。

柳生十兵衛三厳が旅に出るに際して植えた杉だ。およそ百年の歳月を経て、杉は大木に成長し、柳生の人々に、

「十兵衛杉」

と呼ばれていた。

「それがし、大和屋様の世話になりまして柳生に参ったのです」

清之助は当たり障りのない返答をした。

「奈良でも豪商で知られた大和屋なれば陣屋屋敷に滞在するがよかろう。それともわれらを嫌われてのことかな」

高麗村が吉兵衛を睨んだ。

「そのようなことはございません。わてら、清之助様と積もる話をしとうて奈良から来たのです。今晩じっくりと清之助様と話がしたいと考えましてな、道場の方に寝かせてもらいますんや」

「そう聞いておこうか」

高麗村らが大八車の荷を見ながら陣屋屋敷へと歩き去った。

「さて参ろうか」

「不気味な方々だすな」

孫娘のことを案じてか、吉兵衛が呟く。

「吉兵衛様、ご心配めさるな。柳生の里でだれといえども無法は許されませぬ。笠間様方もおられれば清之助もおります」

「いかにもさようだしたな」

大八車が正木坂道場の前を流れる打滝川に差しかかった。白梅橋を渡れば正木坂道場はすぐそこだ。その前に小さな坂があるものの、大八車を門弟たちが囲み、

「えいさえいさ」

と一息に押し上げた。

この夕べ、正木坂道場の長屋はいつもより賑やかな会話が飛び交っていた。井戸端では善五郎ら若い門弟たちが夕餉の仕度にかかっていて、桜も梅も手伝いに加わっていたからだ。

「この地鶏《じどり》、なんとも肉がしこしことして美味《うま》そうじゃぞ」

善五郎が手際よく鶏を捌《さば》いて皿に載せていく。

桜らは野菜を刻む手伝いをしていた。

清之助はその様子を見守りながら庭の片隅の切り株に腰を下ろして、江戸からきた手紙

の封を披《ひら》いた。

まず養母のしのの文を読んだ。

「清之助殿、惣三郎様が奈良の大和屋様に礼状を認《したた》めると申されるゆえ、お許しを得た上にそなたに宛てた手紙を書きます。逗留先の柳生へは大和屋様のついでの折にお届け下さるよう礼状に認めます、早晩そなたの手元に着きましょう。

清之助、私どもはそなたが筑前福岡《ちくぜんふくおか》城下にて尾張柳生七人衆の木場柳五郎《きばりゅうごろう》様と戦った模様を木下図書助《きのしたずしょのすけ》様から聞き知り、さらには大和街道粉河《こかわ》宿外れにて銃撃され傷を負ったことなどを紀伊藩からの手紙で承知しております。

武者修行には危険が付き物、そなたが江戸を出た折、母は清之助と今生《こんじょう》の別れと覚悟はしたものの、叶《かな》うこととなれば元気な姿を見たいものと芝神明に願掛け参りを繰り返しております。

家族は五体壮健にて暮らしておりますゆえ一切案じる要はございませぬ。とは申せ、そなたの父上は五十路《いそじ》を迎えました。あまり過激な御用は御免蒙《こうむ》りたいと思うておりますが惣三郎様のご気性ではそうも参らず、相変わらずの日々にございます。

この正月には石見銕太郎様、惣三郎様を始め伊丹五郎兵衛様など大勢の門弟衆、さらには昇平殿も従いて鹿島に参られ、鹿島の方々と米津寛兵衛先生の一周忌の追善法会をなされました。その折、車坂、鹿島の門弟衆を東西両派に分けて供養の勝ち抜き戦をなしたとか。昇平殿は鹿島の客分市橋種三《いちはしたねぞう》様を破られたとか何度も当人から聞かされ、みわなどうんざりした顔をしております。

そのみわも十八歳、私が見ても見目麗《みめうるわ》しい大人の女に育ちました。結衣もまた少しずつですが、幼き娘の体付きや考えから脱してみわの後を追っております。

母は家族の世話をしながらそなたの無事を祈る日々です。

め組、冠阿弥、荒神屋、花火の親分、どこも変わりがありませぬ。

嬉しき知らせが二つあります。その一つは西村桐十郎、野衣《のえ》様ご夫婦に一子晃太郎《こうたろう》様が誕生なされて賑やかになったことです。二つ目は棟方新左衛門様が、茂木藩家臣久村家に婿入りなされ、おりく様と申される女性と所帯を持たれ、幸せな日々を過ごされておられることです」

清之助は文面から目を離して西村同心と野衣の間に出来たという晃太郎を脳裏に思い浮かべてみた。まだ見ぬ赤ん坊の顔は像を結ばなかったものの、桐十郎と野衣の幸せそうな顔が浮かんだ。

（新左衛門様も家庭を持たれたか）

清之助には同じく享保の剣術大試合へ出場した新左衛門の結婚に感慨一入《ひとしお》のものがあった。


「さて、そなた様にとっては一番大事な伊吹屋《いぶきや》葉月様の近況にございますが、それは葉月様がじかにお伝えするのがよろしかろうと惣三郎様に計らい、葉月様にも文を認めてもらいました。父と母からの褒美にございます。

あと何年かかるか先の見えない修行にございましょうが、最後まで息を抜くことなくお努め下さい。

母より」


清之助はゆっくりと封を閉じながら心の中で合掌した。


「清之助様、しの様のお勧めにて文を認めます。御修行の妨げにならぬかと案じ、一度ならずお断わり致しました。

葉月の文や家族の手紙を読んで修行の妨げになる清之助なればとうに野辺の屍《しかばね》となっ

ておりますとのしの様のお言葉ゆえ、葉月は決心致しました。

葉月は武者修行がなんたるか、なにも存じませぬ。

ただ清之助様が一日一日を生き抜いて江戸に戻られる日を夢見て、しの様とお百度を踏み続けます。

葉月は旅の空から清之助様が送り届けられたお守りや柿《かき》の葉を大切にしております。

ただ今、清之助様は柳生の里にご滞在とか、どのような土地にございましょうか。もし差し支えなきようなれば、柳生の山河の模様や清之助様のお暮らしをしの様に書き送って下さいませ。しの様がきっと葉月に伝えて下さりましょうから、私も知ることができます。

ご修行ご無事に達成なされんことを江戸の地から心よりお祈り申しております。

葉月」

江戸には清之助の無事を祈っている大勢の人々がいた。そして、しの、葉月が清之助の帰りを待ち受けていた。

清之助の胸が温かくなった。

「清之助様、江戸から悪い知らせではございませんよね」

いつの間に清之助の傍らに来ていた梅が訊く。

「梅どの、母者は元気、家族も元気じゃぞ」

「それはよかった」

「葉月様は」

梅が清之助の顔を覗き見て尋ねた。

「壮健の様子で清之助が修行を成就するのを江戸で待っておられるそうだ」

「会いたくなった？」

まだ幼い梅に遠慮はない。

「母者にも葉月様にもお会いしたいぞ」

「ならば江戸にお帰りになれば」

「清之助の武者修行は道半ばです、そうもいかぬ」

「お武家様って大変ね」

「梅さんや、傍《はた》から見たら気楽のようでなかなか柳生新陰流の棒振り修行も大変なのだぞ」

善五郎が二人の会話に口を挟んできた。どうやら鶏は捌《さば》き終えたようだ。

「清之助さんは幸せじゃな、天下無双の剣者が父上で、お優しい母上がおられ、好きなお方まで文を書いて来られる。なんの不足もございませんな」

「はい」

と答えた清之助が続けて言った。

「金杉家になんの不足もございませぬが、昔から父も母も金子には不自由しております」

「なにっ、上覧試合の審判どの金杉惣三郎様一家は貧乏ですか」

「はい。いまだ裏長屋住まいにございます」

「それを聞いて百武善五郎、ほっと安心致したぞ」

と善五郎が答えて、井戸端に笑い声が弾けた。


翌朝、明るくなった柳生の里を大和屋吉兵衛ら一行が出立することになった。

昨夜、道場で鍋を囲み、酒食を共にしてさらに親しくなった清之助や善五郎ら若い門弟数人は正木坂下まで見送りにいった。

「吉兵衛様、お心遣いまことにありがとうございました」

「清之助様がのびのびと柳生の地で修行をなされる様子にな、吉兵衛、ほっと安堵しましたがな。これでお父上の惣三郎様に返書を差し上げることができます」

と吉兵衛が答えるそばから梅が言う。

「清之助様、母上様と葉月様に宛てた手紙を奈良からお出ししますからね、安心してよ」

「梅どの、お願い申す」

清之助が頭を下げ、桜が訊いた。

「夏までには奈良にお戻りになれるの」

「どうかのう。今しばらくかかるやもしれぬ」

と答えた清之助が、

「道中、気をつけて参られよ」

と一行に言いかけた。

「清之助様も山稽古気をつけられて」

梅の言葉を最後に空の大八車を引いた一行は正木坂を登り、峠の上で桜と梅の姉妹が再び坂下の若者たちに手を振って姿を消した。

「善五郎どの、道場を頼む」

「承知した」

と善五郎が答えた。

「清之助さんも気をつけてな」

頷いた清之助は脇差を腰に差し、愛用の木刀を手にして柳生の山へと入っていった。

大和屋吉兵衛ら一行は阪原《さかはら》峠、土地の人が、

「かえりばさ峠」

と呼ぶ峠の上で大八車を止めた。

かえりばさ峠の異名は柳生新陰流の初代宗矩が、阪原の村娘おふじを見初《みそ》めて側室にと所望したことに由来する。柳生にいくおふじを見送りにきた母親はおふじに未練が残らぬよう、

「ここで帰りばさ」

と別れを告げたという。

「姉様、清之助様を好きになっては駄目よ、清之助様の心は葉月様を思う気持ちでいっぱいですからね」

「だれが清之助様をお好きだというの」

「あら、姉様は清之助様がお好きかと思ったけど」

「そんなことはありません」

と柳生を振り向く桜の顔が赤く染まり、どことなく寂しさが漂った。

吉兵衛は、

（桜もそのような年頃になりましたか）

と孫娘を見た。

「この次、清之助様がこの峠に立たれるときは柳生の修行を終えられたときやろうな。さて、行きまひょうか」

吉兵衛の声で一行は再び奈良を目指して進み始めた。


柳生の正木坂道場では、高麗村彪助らがいつもより早めに稽古を終えて山稽古に入ると言い出していた。それを笠間伝七郎らが、

「一手教えて下され」

「この打ち込みは浅うございましたが、どうしてこうなったのでございますか」

といつもよりさらに熱心に五人に稽古を願った。

高床（見所）から小山田春右衛門が睨みを利かせているせいで、さすがに尾張柳生の五人も手を抜くことも稽古を途中で止めることもかなわないでいた。

夜支布《やぎゅう》山口神社から大柳生に差しかかった大和屋一行の前後に往来する人とてなく長閑《のどか》な柳生街道に、

がらがら
と大八車の輪が鳴る音が軽やかに響いた。

その輪音が不意に止まったのは忍辱山《にんにくせん》から円成寺《えんじょうじ》に続く街道であった。

傍らには参道が口を開けていた。

この界隈は仁和寺《にんな》の大僧正寛遍《かんぺん》が入山し、密教の一派、忍辱山流を興《おこ》して修行の場にした。忍辱とはいかなる苦悩にも耐え抜く修行のことである。

「爺様、どうなされた」

一行の真ん中で大八車に乗っていた梅が前方を見た。

吉兵衛らの前に七、八人の武芸者が立ち塞がっていた。

「爺様！」

梅が悲鳴を上げた。

「奈良に戻る商人の一行にございます。恐れ入りますが道をおあけ下され」

と吉兵衛が願ったが、旅の武芸者と思える面々は無言のままに道を塞いでいた。

「なんぞこの大和屋に用事だっか」

「そなたらの命貰い受ける」

一行の長と思える壮年の武芸者が低声《こごえ》で言い放った。

「なんと申されます。ここは真昼間の柳生街道でっせ、無法はだれも許されまへん」

「見よ、辺りに往来する者はなし、そなたらは忍辱山からあの世に旅立つ」

「桜、梅、柳生へと走りなされ！」

吉兵衛が必死の思いで孫娘たちに命じた。

桜と梅が大八車から飛び降りた。

「桜様、梅様、ご無事で」

男衆が自らを犠牲にして二人の娘たちの命を守ろうとした。

桜の口から悲鳴が上がった。

一行の後方を塞ぐように三人の仲間が姿を見せた。その一人は抜き身の槍《やり》を翳《かざ》していた。

一行は前後を囲まれたことになる。

「おまえ様方、金が目当てだすか。ならばわてが持参する路銀をみんな上げまひょ」

と吉兵衛が懐《ふところ》から財布を取り出した。

「その金子、三途《さんず》の川の渡し賃にとっておけ」

無表情に言い放った長が手を上げて殺戮《さつりく》の合図をなした。

一行の後方から悲鳴が上がった。

桜と梅の声でもなく男衆のそれでもなかった。

桜は街道の大木の陰からふわりと姿を見せた若武者が気合いも発することなく木刀を振るって、武芸者三人を次々に叩き伏せる様を言葉もなく凝視《ぎょうし》していた。

それはまるで一陣の春風が柳生街道を吹き抜けたようで一瞬のことであった。槍を持った武芸者が肩を打たれて路傍《ろぼう》に倒れ伏したとき、梅が、

「清之助様だ！」

と喜びの声を上げた。

「桜どの、梅どの、もはや心配ございませぬ」

清之助は笑みを浮かべた顔を向けると呆然と立ち尽くす男衆に、

「桜どのと梅どのを守ってな、この場に座していなされ」

と命じ、吉兵衛のいる一行の先頭に走った。

「お手前方の正体、この清之助にもなんとのう察せられます。夜盗野伏せりの類《たぐい》ではございますまい。正体を知られたからにはお引き上げなされ」

「うーむ、おのれ、金杉清之助」

一行の長が呻くような声を洩らした。

「やはり私が目当てのようですね」

木刀と脇差しか携えていない清之助を見た長が剣を抜いた。手下たちが一斉に見習い、清之助を円陣に囲もうとした。

「ここはちと狭うございます。忍辱山への参道に場を移しましょう、存分に相手します」

清之助は吉兵衛らから危険な武芸者を引き離すべく言った。だが、相手は動こうとはしなかった。

「ならばそれがしから参ります」

木刀を翳《かざ》した清之助がぐいぐいと間合いを詰めた。すると六尺三寸（約一九一センチ）の偉丈夫《いじょうふ》の気迫に圧されたように一行が思わず街道から参道へと引き下がった。

「吉兵衛様、しばらく目を瞑《つむ》っておいでなされ」

清之助は背に言いかけると、七人の武芸者だけに聞こえるように、

「年寄りや娘にまで手を出すとは尾張柳生も落ちたものよ」

と吐き捨てた。

清之助は尾張柳生が高麗村ら五人だけで柳生を訪れたとは考えてなかった。山稽古の折など密かにどこかから見詰める監視の目は五人とは別ものと承知していたからだ。

また昨夕、柳生の里で高麗村らに出会ったとき、清之助は直感的に、

「大和屋の帰り道が危ない」

と悟った。そこで師範の笠間伝七郎に相談して五人を柳生に足止めすること、そして、一行には密かに清之助が随行して護衛することを打ち合わせていた。

「われらが尾張柳生とな」

「尾張柳生が放たれた幾多の刺客と戦い、ことごとくを斃《たお》してきた金杉清之助です、あちらこちらで尾張柳生の腐臭を嗅いできたのですぞ」

「おのれ、申したな。南部七大夫《なんぶしちだゆう》と一統が諸先輩の仇《かたき》をとる！」

と言い放った南部が仲間に、

「抜かるでないぞ、わが屍《しかばね》を乗り越えてもこやつの息の根を止めよ！」

と命じた。

「おおっ！」

清之助が愛用の木刀を立てた。

「尾張柳生の所業許し難し」

清之助の口からこの言葉が洩れた。

桜や梅までを殺害しようとした所業に清之助は怒っていた。

半円に囲んだ七人の一角が崩れて清之助に突進してきた。

間合いを読んだ清之助の木刀が電撃の速さで振り下ろされた。

がーん！

額《ひたい》が割れて血飛沫《ちしぶき》が飛び、一番手の刺客の両膝が、
がくん
と折れてその場に斃れ伏した。

南部七大夫はその電光石火の清之助の反撃に身震いした。だが、身震いしながらも清之助との間合いを詰めて、斬り下ろそうとしたのは武芸者の本能に導かれてのことだった。

清之助がその動きをしっかりと見極めつつ、自ら踏み込んで南部の喉元に木刀を振るっていた。叩かれた喉元が破れた。

げええっ！

忍辱山への参道に絶叫が起こり、六尺三寸のしなやかな五体がさらに舞い動いて、一人ふたりと斃していった。

数瞬後、ふいに始まった戦いの気配が急速に薄れて消えた。

虚脱の空気が漂ったのを感じた大和屋吉兵衛は閉じていた両眼をゆっくりと見開いた。

清之助が木刀を引っさげて街道に出てきた。

「吉兵衛様、奈良まで清之助が同道します、先を急ぎましょうか」

「はっはい。それにしても清之助様、よう助けに来てくれはりましたな」

「話は後です、先を急ぎますぞ」

一行が大八車に桜と梅を再び乗せると奈良に向かって走り出した。

さらに一刻後、戦いの場に五つの影が姿を見せた。

高麗村彪助ら五人だ。

「おのれ、金杉清之助め、許せぬ」

眦《まなじり》を決し、歯軋《はぎし》りした高麗村が殺戮の光景に地団太《じだんだ》踏んで激した。あとの三人は茫然自失とし、柳生小連也斎だけが無表情を崩さず、足先で参道に斃れた死骸《しがい》をひっくり返しては木刀に叩かれた傷口を調べていた。

「どうなされますな、高麗村様」

と嶋牧十蔵が今後の行動を訊いた。

「知れたこと、柳生道場に戻り、清之助を討つ」

高麗村が宣告し、五つの影が消えた。

第四章　十兵衛杉《じゅうべえすぎ》の決闘

一

一見平穏《へいおん》な日々が柳生正木坂道場に繰り返されていた。

尾張柳生の五人はいつもどおり道場稽古を二刻（四時間）ばかりなした後、五人だけの山稽古に出ていった。そして、陣屋屋敷に戻ってくるのは夕刻前だ。

最初の頃と違ったのは五人が徐々にその正体を現わして、大和柳生の門弟たちを完膚《かんぷ》なきまでに叩き伏せ、尾張柳生との実力差を如実《にょじつ》に見せつけ始めたことだ。

道場では怪我人が絶えない日々が続いた。

忍辱山参道口で清之助が南部七大夫らを斃《たお》したことと関わりがあることは明白だった。

だが、高麗村らの憤怒《ふんぬ》の矛先は清之助に向けられることはなかった。清之助との稽古を避けているのはこれまでどおりの行動だった。

なにかが大和国柳生の里に起ころうとしていた。

その日も五人が圧倒的な力の差を大和柳生の門弟らに見せつけ、まともに立っている者は清之助以外にいなくなった。

「大和柳生とはこの程度か」

高麗村彪助が吐き捨て、道場を後にしようとした。

笠間らは道場の床に座り込んだり、倒れ伏したりしていた。中には殴られて血を流している者もいた。もはや稽古の域を超えていた。

笠間らは高麗村の言葉を悔しそうに聞いたが、立ち上がる余力も気力も残ってなかった。

そのとき、清之助が柳生小連也斎に声をかけた。

「柳生どの、それがしに稽古をつけてくれませぬか」

うっ
と押し殺した声を洩らしたのは高麗村彪助だ。だが、小連也斎は平然として清之助の顔を正視したまま沈黙していた。

「われら、山稽古に出向かんとしておるところだ、金杉どの」

高麗村が拒んだ。

「四半刻（三十分）とはお引き止め致しませぬ。お相手下され」

清之助は執拗《しつよう》だった。

「なあに少々遅れたとて柳生の山は逃げませぬ。それともどなたか山で待っておられますかな」

「おのれ！」

と高麗村が小さな声で呟いた。

小連也斎が壁際に歩み寄り、戻したばかりの木刀を手にして、二度三度と素振りした。

ひゅーん
と風を切る音がして、小連也斎が清之助の許へと戻ってきた。

「ありがたきかな」

清之助が言うと床にへたり込んで清之助らの様子を眺めていた善五郎に、

「百武どの、そなたの袋竹刀を貸してもらえぬか」

と自ら愛用の木刀を善五郎に渡し、袋竹刀を受け取った。

「清之助さん、あいつは気味が悪いぜ」

とさんざ叩き伏せられた善五郎が囁《ささや》いた。頷き返した清之助は小連也斎を振り向くと、

「お待たせしました」

と声をかけた。

門弟たちは思いがけない展開に、壁際に下がって見守る様子を見せた。

高麗村ら尾張柳生の四人も道場の端に下がらざるを得なかった。

二人が間合い二間(約三・六メートル)で対面したとき、高床に小山田春右衛門が姿を見せて着座した。

この場にあるすべての人々の視線が二人の動きに集中した。

小連也斎は木刀を中段に構えた。その切っ先は長身の清之助の脳天を指していた。それはあたかも脳天を叩き割るという意思表示のようにも思えた。

白面が紅潮《こうちょう》して両眼が細く閉じられた。

静かな殺気が漂った。

「小連也斎どの」

と声をかけたのは高麗村だ。それは明らかに小連也斎に、

「本気を出すのはまだ早い」

と言わんばかりの声音だった。
すうっ
と小連也斎の五体から殺気が消えた。
すいっ
と前進したのは左斜めへと善五郎の袋竹刀を流した清之助だ。一気に間合いが切られた。
再び小連也斎の顔に赤みが戻り、緊張が走った。
清之助はさらに間を詰めた。
もはや一触即発、木刀と袋竹刀が打ち合う間合いの内に入り込んでいた。
腰を沈めた清之助の袋竹刀が小連也斎の胴を襲った。
後退して小連也斎が間合いの外に逃れた。
そのことを予測していた清之助は袋竹刀を左から右手に引き回した。さらに頭上に上げられた袋竹刀が、
ぴたり
と清之助の脳天上に静止した。
小連也斎や高麗村が驚愕したのは、いつの間にか間合いが詰められていたことだ。

袋竹刀を構えた清之助の五体のどこにも力みは感じられない。

霜の夜、夜鍋仕事をする女の手から針が零《こぼ》れ、床に落ちた音が聞こえるほどの、深い静寂が清之助の周りにあった。

霜夜炎返しの動きだが、秘剣の正体は秘めたままだった。

小連也斎は清之助の罠に嵌《はま》ったことを悟った。

(逃げよ)

という内なる命が響いた。同時に、

(反撃せよ)

と剣者の本能が命じていた。

小連也斎は前へ出た。

逡巡《しゅんじゅん》を悟った清之助の袋竹刀が頭上から滑り落ちて、小連也斎の脳天をしなやかに叩いた。

軽い打撃のように思えたそれは小連也斎の体をくの字に曲げるほどの衝撃を与え、小連也斎は片膝をその場で突いた。

「参った」

と悔しそうに吐き出す声に、

「浅うございましたな」

と清之助が言い、立ち上がることを催促した。

小連也斎がちらりと高麗村を見た。

赤く紅潮した高麗村の顔が横に振られた。

「参ります」

清之助が小連也斎に迫ってきた。

この日、半刻（一時間）あまりも清之助は小連也斎を翻弄《ほんろう》し、打ち続けた。小連也斎は追い込まれて必死の反撃を試みたがまったく歯が立たなかった。

「ま、参った」

顔面蒼白《そうはく》の小連也斎が言い、高床の小山田が、

「もうよかろう、清之助どの」

と稽古を止めた。

高麗村らは小連也斎を抱え込むようにして正木坂の道場を下がった。

「清之助どの、手厳しい稽古であったな」

と小山田がいつもの清之助に似合わぬがという表情で言いかけた。

「あの者たちの秘めたる力を引き出さんとしましたが、なかなか尻尾を摑ませぬな」

「そのためにあのように手厳しい打ち込みをなされたか」

「はい」

「われらの前でも正体を秘めておりましょうか」

と師範の笠間伝七郎が訊く。

「最後の最後まで秘したままと思えます」

笠間と小山田が頷いた。そして、二人は期せずして大和柳生と尾張柳生の力の差を感じて暗澹《あんたん》たる気持ちになっていた。

「清之助さん、それがしの胸のしこりが幾分か取れました」

善五郎がいい、若い門弟たちが同調した。

「いえ、力の差があるのは承知しております。五人はそれを承知で容赦なくわれらを打ち据えられます、あれは稽古ではございませぬ。つい腹立たしい思いが胸の中に溜まっておったのです」

「善五郎、それを申すな。われら、大和柳生が非力ゆえのことよ。尾張柳生のせいではないぞ。その悔しさを忘れることなく尾張柳生に追いつき、追い越さねばならぬ」

「ご家老、善五郎とて重々承知しております」

稽古が終わって、いつものように打滝川の流れに門弟たちが集まった。

「清之助どの、善五郎ではないが、それがしも胸のすく思いに駆られました。ありがとうござる」

老練の武芸者荘田常彦が声をかけてきた。

「清之助どの、あの者たちが今後どのような態度を見せるか、楽しみじゃな」

「それを待っております」

荘田は、底知れぬ力を秘めた相手は、尾張柳生ではなくこの眼前の若者であることに改めて気付かされた。


その午後、清之助は一人山に入った。

古城山から月ヶ瀬《つきがせ》街道の入口へと下り、水越神社へと木刀を振るいつつ走り回る、樹間から柳生の里を見下ろしながら走る、走る。

この日の清之助の腰には新藤五綱光《しんとうごつなみつ》があった。だが、そのせいで清之助の動きが鈍くなることはなかった。

走り始めて半刻あまり、尾行がついた。

影すら感じさせなかったが、確かに清之助を追う者たちがいた。

清之助は知らぬげに斜面を駆け上がり、岩場を越え、流れに飛び込んで動きを止めることはなかった。

十兵衛杉まで走り下ってきた清之助の長身がふいに消えた。

足音も気配も忽然《こつぜん》と消え、静寂の時が訪れた。

坂上から夕暮れの残照が十兵衛杉を赤く照らしつけていた。

清之助が姿を消して四半刻が過《い》ぎた。

四つの影が夕闇から生まれ出るように姿を見せた。

高麗村彪助、毛利親之丞、三宅殿兵衛、嶋牧十蔵の四人だ。

「あやつ、どこへ姿を消しおったか」

三宅殿兵衛が辺りを見回して呟いた。

「われらの尾行に気付いておったことは確か」

毛利親之丞が応じ、

「逃げおったか」

と語を継いだ。

「いや、そうではあるまい。小連也斎どのをいたぶった様子から見て、われらに含みがあっての山稽古、逃げ出すはずもない」

高麗村が言い切った。

「ならばどこに」

　嶋牧十蔵が問うた。

「ここにござる」

　十兵衛杉の一本の枝が西へと張り出し、その枝が、
　ざわざわ
　と鳴って清之助の長身が軽やかに四人の前に飛び降りてきた。

「なんの真似か、金杉どの」

　高麗村が詰問した。

「なんの真似かとは笑止なり。そなたらがこの清之助を一刻以上も前からつけ回していたのではございませぬか」

「おのれ」

　と毛利親之丞が刀の柄に手をかけた。

「親之丞！」

　と高麗村が叱咤した。

「高麗村様、小連也斎どのへの仕打ち、もはや許せませぬ」

「親之丞の申すとおり、この青二才の鼻をへし折ってくれん」

三宅殿兵衛も呼応した。

「三宅、まだ機が熟さぬ」

「いつまで待てばよいのです」

「こやつと相対する時は小連也斎どのと一緒だ」

「この好機を逃すつもりか。小連也斎どのの仇を討たせて下され！」

嶋牧十蔵が叫んだ。

「ならぬ！」

高麗村に一喝された三人が地団太を踏んで悔しがった。それでも刀の柄から手を離した。

「道場ではあれほどお元気な尾張柳生衆ですが、外ではどうなされました」

清之助が挑発するように笑いかけた。

「毛利親之丞どの、そなたの電撃の突きを伝授下され。それともあれは道場だけのお遊びか」

親之丞の突きで何人もの大和柳生の門弟が喉を破られ、呻吟《しんぎん》しながら伏せっていた。

「清之助、抜かしたな」

親之丞が一気に剣を抜き、得意の突きの構えを見せた。

「親之丞！」

再び高麗村が制止しようとしたが三宅も嶋牧も剣を抜き連れて、

「高麗村どの、もはや止めなさるな」

「こやつの息の根を止め申す」

と口々に叫んでいた。

二

清之助は十兵衛杉の幹に木刀を立てかけ、父の惣三郎から贈られた新藤五綱光を腰に落ち着けるように柄頭をしゃくり上げた。

高麗村も事ここに及んで覚悟した。

「よし、一番手はそれがしじゃ！」

高麗村が宣告して清之助の前に出た。残りの三人が後詰めに回った。

清之助と高麗村の間合いは三間（約五・四メートル）と開いていた。

「金杉清之助の拙《つたな》き芸、十兵衛三厳様に奉納致します」

清之助の腰が沈んだ。

それを見た高麗村が剣を抜き、左肩前に立てた。

清之助は高麗村が左右どちらの手も自在に使いこなすことを承知していた。

後詰めの三人は三宅と嶋牧が正眼、毛利は得意の突きの構えをとっていた。

高麗村の左八双の構えの背後に毛利が控えていた。

清之助が腰を沈めたまま間合いを詰めた。

高麗村もそれに応じるように前進した。三人もその動きに呼応して従った。

二間が一間半になり、さらに一間を切った。

清之助の右手はいまだ、
だらり
と垂れていた。

高麗村が最後の間合いを切って踏み込んだ。

その瞬間、清之助の右手がしなやかにも腹前で躍り、新藤五綱光二尺七寸三分(約八二・七センチ)を抜き上げた。

同時に高麗村が逆八双を振り下ろしつつ清之助に襲いかかった。

毛利らは驚くべき光景を見た。

清之助が抜き放った刃が、一条の白い光に変じたかと思ったとき、刃にめらめらと燃え上がる炎が生じて、それが高麗村の胴へと吸い込まれていったのだ。

立ち竦《すく》んで硬直した高麗村が驚愕の顔で清之助を見た。

逆八双からの斬り下ろしは虚空で停止し、

「か、金杉清之助」

という悲鳴にも似た呟きが洩れると、
どさり
と前のめりに斃れ伏した。

清之助の綱光は左から右へと大きく引き回され、そこで炎は一旦消えてなくなった。

が、動きはさらに続き、綱光は清之助の頭上へと撥《は》ね上げられた。

その瞬間、毛利親之丞らはさらに信じられない光景を見た。

頭上に撥ね上げられた二尺七寸三分の大剣に再び炎が生じて燃え上がったのだ。そして、静かな、静かな、静かな時が十兵衛杉の下に訪れた。

「な、なんということが」

毛利は驚きを跳ね返すように得意の突きにすべてを託した。

一剣に技と力を込めて、
すいっ

と引くと、
身を倒す様に、
す、すいっ
と滑らかに前進した。
間合いが一気に詰められ、毛利の切っ先が清之助の喉元に迫った。
(届いたぞ!)
毛利は心の中で快哉《かいさい》を叫んだ。
その瞬間、身が凍《い》てつく程の恐怖に襲われた。
頭上に気配を消した刃が落ちてきて、脳天に届いた。
ふうっ
両腕から力が抜け、五体が揺れ、十兵衛杉がぐるぐると回り、視界が歪《ゆが》んで、漆黒の闇に沈んだ。
毛利親之丞が見たこの世の最後の光景だった。
戦いは続いた。
だが、もはや清之助の前に三宅殿兵衛の胴斬り、嶋牧十蔵の袈裟斬りの技も無益だった。

十兵衛杉が濁《にご》った茜《あかね》色に染まったとき、戦いは終わりを告げた。

清之助は血振りをくれた綱光を鞘に納めると木刀を摑み、足早にその場から消えた。

さらに半刻後、闇と変わった十兵衛杉の下で孤独な姿を晒《さら》す柳生小連也斎光厳がいた。

「金杉清之助……」

その言葉が小連也斎の口から洩れ、闇に溶け込むように姿を消した。


再び柳生の里に修行に専念する静かな日々が戻ってきた。

清之助は十兵衛杉の一件を小山田に知らせ、小山田は緊張を漂わせた表情で、

「尾張柳生とは申せ、根は一緒にございます。われら一族にござれば、そのままに放置もなりますまい」

と答え、師範の笠間伝七郎を呼ぶと十数人を選び、戸板持参で供するように命じた。むろんその中には清之助も加わっていた。

十兵衛杉の下では四つの骸《むくろ》が転がっていた。

提灯の明かりが戦いの凄絶を浮かびあがらせていた。

息を飲んでいた笠間が、

「清之助どのお一人で戦われましたので」

と訊いて、

「伝七郎、分かったことを訊くでない」

と小山田に叱咤された。

「いえ、頭では分かっております。ですがご家老、この高麗村どのらはわれらを赤子のように扱った連中にございます。それを清之助どの一人で決着をつけられた」

小山田が頷いた。

「見てみよ、斬り口を。清之助どのが振るわれたのはただの一太刀、鮮やかにも命を絶っておる」

「言葉もございませぬ」

恐怖が笠間らの五体を震撼《しんかん》させた。

眼前にもの静かに立つ若武者が見せた力の片鱗《へんりん》がそこにあった。大和柳生を一蹴《いっしゅう》してきた尾張柳生の猛者《もさ》四人が、一人の若者にかすり傷さえ与えることができなかったのだ。

「笠間、亡骸《なきがら》を里に運べ、芳徳禅寺に埋葬致す」

「はっ」

門弟たちは黙々と四体の亡骸を戸板に乗せる作業に入った。

「小山田様、いよいよもって尾張柳生との溝を深めてしまいましたな」

「清之助どの、勘違いなさるなよ。亡き六郎兵衛様の偽書を携え、柳生に入り込んできたのは彼らにございますでな。非のすべては尾張柳生にございます。清之助どのになんらの罪咎《つみとが》はございませぬぞ」

清之助は黙したままに頷いた。

四つの亡骸を戸板に乗せた一行は黙々と里へと下り、神護山芳徳禅寺に運び込んだ。石舟斎宗厳の菩提《ぼだい》を弔《とむら》うために建てられた臨済《りんざい》宗大徳《だいとく》寺末寺だ。開基《かいき》は沢庵禅師《たくあんぜんじ》である。

井戸端に運ばれた亡骸を清之助自らが清め、陣屋屋敷から取り寄せられた浄衣が着せられた。その後、高麗村彪助ら四体の亡骸が本堂に安置され、列王《れつおう》和尚の読経《どきょう》で弔いが行なわれた。

墓地の片隅に四つの亡骸が埋葬されたとき、すでに深夜を大きく回っていた。

「清之助どの、この一連の経緯、これまでも江戸の俊方様には文を認《したた》めてきましたが、この結末をこれから書き送ります。明朝の一番にて早飛脚を立てます」

異変が起こった。まだ呼びもせぬのに早飛脚が柳生の里に姿を見せたのだ。

陣屋屋敷から知らせを受けて、稽古着の清之助は正木坂道場から駆け付けた。

「清之助どの、父上からそなた宛の早飛脚にござる」

小山田が険しい表情で一通の書状を差し出した。玄関先には汗みどろの早飛脚が待たされていた。

「失礼仕《つかまつ》る」

惣三郎の文にはこうあった。

「清之助どの、取り急ぎ結衣失踪の経緯を認める。このところ結衣、なんぞ思うこと有りてか忘我とした様子をわれらにしばしば見られおり候。さらに中村座の大芝居や芝神明の宮地芝居一座を訪ねて、女役者になることを相談した模様に候。さりながら大芝居は女形を使うゆえ女役者は要らぬと断わられ、宮地芝居の五月柳太郎一座に交渉して身を投じた次第と推測し候。それだけなれば若い娘の気の迷いで済まされるが、この五月柳太郎一座、上方下りと称しておったが事実は尾張名古屋からの一座にて、一行の中に車坂の石見道場に姿を見せて、こちらの手の内を探るような所業をなした八戸鶴太郎忠篤なる武芸者も同道していたと思える節も御座候。

結衣が家を出た前日の三月二十日、五月柳太郎一座も江戸での興行を打ち上げて名古屋に帰国しとか。そこで花火の房之助親分と昇平がすぐさま後を追い、結衣を川崎宿で待ち受けて合流した一座は神奈川宿に移動し、そこで待機していた尾張宮《おわりのみや》の回船問屋伊勢屋の持ち船熱田丸にて海路尾張に戻った経緯を突き止め候。旅廻りの一座が回船問屋の船を利用するも怪《あや》し、また武芸者を同行するも訝し。諸々考えるに女役者に憧れる結衣の心を利して尾張へと勾引《こういん》したというのが真相と推量致し候。

清之助、父はこれより東海道を熱田へと急行す。

そなたは大和柳生から尾張熱田に駆けつけてくれぬか。家族の事とは申せ、尾張が絡む以上、われらも心して事に処し、結衣をなんとしても救出したく候。

熱田に参らば熱田神宮の一の鳥居にそなたの居場所認めておいてくれぬか。

取り急ぎ用件のみにて筆を擱《お》く。

惣三郎」


文面に惣三郎の乱れた心が刻まれていた。熱い父親の情が見られた。

「何と言うことが」

「いかがなされた」

清之助は父の手紙を小山田に渡した。

「読んでかまわぬか」

「読んで下され」

小山田春右衛門が惣三郎の文をまず斜め読みし、

「おのれ、か弱き妹御にまで手を出しおって」

と呟くと今度はじっくりと読み直して、顔を上げた。

「清之助どの、高麗村ら尾張柳生の衆がこの地に参ったこと、さらには江戸に宮地芝居の一座を送り込み、金杉家の娘御を勾引した一事とは密に連動しておりますぞ」

「おそらく尾張の新たなる刺客がそれぞれに送り込まれたと考えるべきでございましょうな」

頷いた清之助は、

「小山田様、結衣が川崎宿で一座と合流してすでに八日あまりが過ぎております。ことは一刻を争います。それがし、これより旅仕度を整え、尾張の熱田に急行致します」

頷いた小山田がしばらく沈思し、

「百武善五郎、そなたは伊賀《いが》路、伊勢路、尾張路への道中には詳しい。清之助どのに同道し、道案内をなせ。よいか、最後まで供を致すのだ」

と命じた。

「はっ」

清之助を見た小山田が、

「馬を用意致す。善五郎の案内にて熱田へ走りなされ」

「重ね重ね恐縮にございます」

「よいな、なにがあろうと一度はこの柳生に戻って参られよ」

「承知仕った」

三

月ヶ瀬への街道を二頭の馬が疾駆《しっく》していた。

先陣は百武善五郎、あとから清之助が従った。

二人は大刀を背に斜めに負い、腹にきりきりと晒《さらし》を巻き、額にも鉢巻《はちまき》をしっかと巻いて、里を通過するたびに善五郎が、

「柳生陣屋からの早馬じゃぞ、路傍に避けよ。怪我をしてもならぬぞ！」

と大音声《だいおんじょう》に叫びつつ、駆け抜けていった。

月ヶ瀬口から伊賀街道へ出ると道は幾分か広くなった。島ヶ原《しまはら》を走り抜け、上野《うえの》で一日目の行程を終え、柳生藩御用達《ごようたし》の旅籠に投宿した。

伊賀街道は平城京の奈良と伊勢を結ぶ古道である。上野は津《つ》の藤堂《とうどう》氏が治めた伊賀の城下町だ。数刻仮眠した人と馬は気持ちも新たに津を目指す。

「伊勢は津でもつ津は伊勢でもつ」

伊勢最大の城下は上野から十三里（約五一キロ）も先にあった。

二人は馬の様子を観察しつつ、疲れたようなれば下馬して手綱を引っ張り、時に服部川《はっとり》の流れで水浴びをさせて休憩をとった。

「これからが伊賀街道の難所です。海から二千四百余尺の経《きょう》ヶ峰《みね》と笠取《かさとり》山の間にある長野《ながの》峠を越えねばなりません」

人馬は黙々と汗みどろになりつつも峠を上がった。

「清之助さん、伊勢の海が見えますよ」

先を行く善五郎が馬上から叫ぶ。

清之助が視線を前方にやれば、檜《ひのき》の樹間から昼下がりの海がきらきらと見えた。

「津城下まではあと五里半（約二一・四キロ）でしょうか」

善五郎の言葉に勇気付けられた清之助は、再び馬を駆《か》ると峠を下り始めた。

その夕暮れ過ぎには二人は津の城下に到着していた。

「善五郎どの、そなたがおらねばさらに何日も要していよう。ありがとうござった」

「清之助さん、勝負はこれからですよ。津から尾張名古屋まで海上十八里（約七〇・二キロ）はございますでな」

「津城下で馬を捨てると申されるか」

「まあ、お任せあれ」

津城下は商人の町でもある。藩が保護政策を施し、育てたからだ。

善五郎は湊近くに清之助を案内し、一軒の回船問屋の前に立った。看板には、

「諸国回船安濃屋彦兵衛《あのうやひこべえ》」

とあった。

「安濃屋は柳生家と親しい交わりを持っておりましてな」

と善五郎が清之助に言い、店の中に呼びかけた。

「番頭どの、急な頼みがあって柳生から駆け下って参った」

「江戸になんぞございましたか」

帳場格子から算盤《そろばん》を手にした初老の番頭が出てきた。

「いや、江戸ではない。宮の湊へ急行したいのだ」

「夜走るほどの大事にございますかな」

「われらが恰好を見れば察しもつこう」

「ならば早船を仕立てます」

「頼む」

と願った清之助が安濃屋に馬を預かってくれと頼んだ。

「承知しました」

と答えた番頭が清之助を見上げた。

「柳生にこのような仁王《におう》様がおられましたかな」

「勢蔵《せいぞう》どの、こなたの名を聞いて驚くな」

「聞く前から驚きはしませんよ」

「享保剣術大試合で活躍なされた金杉清之助様だ」

「えっ、尾張柳生の六郎兵衛様と相打ちの金杉様でっか」

「いかにもさようだ」

善五郎が胸を張り、

「正月より柳生に滞在してわれらに指導をなされておられたのだ」

と説明した。

「そうだしたか、さすがに貫禄《かんろく》が違いますな」

「だれと貫禄が違うと言うのか」

「そりゃ決まってますがな、こちらのちょこまかした御仁とですがな」

「清之助さんと比較されればこちらの分が悪いのう」

「番頭どの、無理を申す」

清之助が頭を下げた。

「承知しました。万事この勢蔵にお任せあれ」

と胸を叩いた勢蔵は清之助と善五郎を奥へと招き入れ、

「伊賀街道を走ってこられたとなると温かいものも口になされておられますまい。湯に浸《つ》かり、夕餉を食した頃には早船の仕度ができますでな」

と請け合ってくれた。


百石ほどの帆船岩田丸《いわたまる》が津の湊《みなと》を出たのが五つ（午後八時）のことだ。

外海での夜間の航海は難しかった。だが伊勢湾という内海であり、船頭たちは周りの地形から潮流、風の吹き具合まで熟知していた。夜空には月があって海上を青白く照らしていた。

「客人、明日の朝には宮の湊に着こうぜ。ゆっくりとな、寝ていきなせえよ」

という主船頭金蔵《きんぞう》の言葉に清之助と善五郎は、帆柱の下で夜具を被り、横になった。

「善五郎どのはなぜかくも伊賀から伊勢、尾張と地理に明るいのですか」

眠りに落ちる前に清之助が訊いた。

「それがしの父は浪々《ろうろう》の武士でしてな。それがしが物心ついたとき、津城下の長屋に住まいしておりました。われら、金を稼ぐことなればどのようなことでも致しました。安濃屋の船にも乗り、人足の真似事をし、その荷を上野城下へと運び上げる仕事も致しました。父が亡くなったとき、安濃屋の旦那が柳生道場で修行をし直すよう、一角《ひとかど》の侍になるよう柳生陣屋に口を利いてくれたのです」

「そうでしたか。貧乏なところはわが金杉家と瓜二《うりふた》つですね」

「そのようなところは似なくともよいのですがな」

と苦笑いした善五郎はしばらくすると鼾《いびき》を掻き始めた。山中馬行の二日間であった。気を遣い、疲れ果てたのであろう。

清之助も善五郎の鼾と波の音を聞きながら眠りに就《つ》いた。

二人は明け六つ（午前六時）までぐっすりと眠り込んだ。目を覚ますとすでに名古屋城が遠くに望めた。宮の船着場の常夜灯も朝ぼらけに明かりを点《とも》していた。

東海道中ただ一つ、宮（熱田）から桑名《くわな》へは海上七里（約二七・三キロ）の船旅であった。

「お客人、まんまもできておる、食いなっせ」

清之助と善五郎は胴の間に座り、炊き立ての飯と浅蜊の味噌汁にイカの一夜干しで飯を食い、元気を取り戻した。

「船頭どの、宮の回船問屋の伊勢屋をご存じであろうな」

「うちも回船問屋じゃあ、付き合いもあるぞ」

「伊勢屋どのはどのような商人かな」

「船頭相手じゃあ、腹を割りなせえ」

「これは相すまぬことであった」

と謝った清之助は、妹の結衣が神奈川湊から伊勢屋の熱田丸に乗せられた経緯を簡単に語った。

「お客人、伊勢屋は尾張様の御用達、まっとうな商人でな。乗せたとしたらなにも知らずのことであろうよ」

と答えた船頭は、

「神奈川の湊を十日も前に出たとすると、風待ちしてももう着いておるころかのう」

「やはり到着しておるか」

「それにしても熱田丸に旅芝居一座が乗ったとは確かにおかしいな。旅芸人は宿場宿場を回り、稼ぎながら旅するもんだ。それを一座で船旅じゃと、なんとも豪気なこった」

「いかにもおかしかろう」

「ちいと待ちなせえ」

と主船頭が舳先《へさき》に行き、遠眼鏡で湊のあちらこちらを見ていたが、

「お客人、熱田丸はあそこに帆を休めておるわ」

と沖合いに泊まる千石船を指した。

宮の浜は遠浅で大きな船は沖合いに帆を休めた。

清之助は胴の間から立ち上がると主船頭が指す千石船を見た。

「あの様子じゃあ、昨日かのう」

主船頭は熱田丸の宮到着をそう推測した。

「お客人、船を熱田丸に着けようか。さすりゃあ、妹御の様子も知れよう」

伊勢屋が此度の企てに深く関わっていたとしたら新たな面倒を起こしそうだ、なにより結衣の命に関わるかもしれなかった。

「熱田丸の主船頭加吉《かきち》さんは伊勢屋の主に命じられたところで悪いことをする人物じゃねえ、男気のある船頭だ」

「よし、船を着けてもらおう」

岩田丸が熱田丸に船腹を合わせるように着けられた。

「加吉船頭はおられるかえ」

岩田丸の主船頭が叫ぶと水夫《かこ》が顔を覗かせ、

「なんじゃあ、わりゃ、津の金蔵父っつぁんかえ」

「ちいと訊きてえことがあるがのう」

「待ちなっせえ、副船頭の伴五郎《ともごろう》さんがおられるだよ」

若い副船頭が顔を覗かせた。

「わしら、船頭同士じゃあ、駆け引きなしに訊いてよいか」

「父っつぁん、前口上は抜きにしな」

「おまえさん方、十日も前に相模神奈川湊から芝居一座を乗せたな」

伴五郎の顔色が変わった。

「父っつぁん、どうしてそれを」

「このお方の妹御が江戸から一座に加わっていたはずだ」

「なんと」

と伴五郎が吐き出した。

「結衣様の兄さんとな」

「ただの兄さんとは違うぞ、伴五郎。先の享保剣術大試合で次席に入られた天下無双の剣者金杉清之助様だ」

善五郎の言葉に伴五郎は愕然とした。

「父っつぁん、おれが話せることで許してくんな」

「話してみねえ」

「あの積み荷は城からの頼みだ」

「城とは金の鯱だな」

「言うにも及ぶめえ。ともかく結衣様は船中でも元気でよ、手踊りを習ったり、芝居の稽古を女師匠からつけられておったがな。おれが喋れることはそんなとこだ」

「一座はどこへ行ったな」

「熱田神宮の境内に芝居小屋を建てるという話じゃがよ」

「分かった、と岩田丸の船頭の金蔵が清之助の顔を見た。

「結衣が元気であったということを知っただけでも安心した。伴五郎どの、礼を言う」

「金杉様、お城の話だ。おれたちは見ざる言わざる聞かざるを通すしかねえんだ」

「承知した」

「こいつは独り言だぜ」

と断わった伴五郎が、

「この話には尾張柳生様が一枚嚙んでいなさる」

と洩らし、清之助は大きく頷いた。

四

東海道五十三次に名古屋は入っていない。その代わりを宮の宿が果たす。宮とは熱田神宮を省略した言い方だ。宮の宿は熱田神宮の門前町なのだ。

では名古屋城下はどちらに位置するのか。

『東海道名所図会《ずえ》』にこうある。

「これより名護屋へ北の方町続き五十町（約五・四キロ）なり」

熱田神宮前から北の方角に向けて名古屋城下が始まった。徳川御三家の筆頭、尾張は名古屋を城下町として、宮は宿場町と湊の機能を果たしていたことになる。

主船頭の金蔵は岩田丸を熱田湊の常夜灯のそばに着けた。

「父っつぁん、おまえさん方にはしばらく宮に残ってもらうことになりそうだ」

善五郎の言葉に金蔵船頭が言った。

「ならばこの沖合いに船を泊めておるでよ、なんぞあらば岸から呼びなされよ」

「承知した」

清之助は金蔵ら岩田丸の水夫らに礼を述べて宮の湊に上陸した。

「此宿大に繁花《はんか》なり。家並も美々しく、遊女も海道第一にして、すこしく大江戸の風をまねぶ。揚代二朱なり。また六百文もあり」

と『旅枕』は宮の宿の繁盛を描く。

「清之助さん、まず熱田神宮に参りますか」

「そう致そうか」

江戸帰りの五月一座が芝居をかけるという熱田神宮を目指すことにした。そこに一座がいるかどうか、また結衣が一座に加わっているかどうかを知ることこそ、なににも増して優先すべきことだった。

熱田神宮は草薙剣《くさなぎのつるぎ》を御神体として祀《まつ》った宮といわれる。日本武尊《やまとたけるのみこと》が東征に際して伊勢神宮に参拝し、尊は倭姫命《やまとひめのみこと》から授かった天叢雲剣《あめのむらくものつるぎ》で、賊の火攻めを防いだという。

草薙剣という神剣を奉じた熱田神宮の社領は五百数十町に及び、神領五千石とあわせ、ほぼ一万石に達していた。

一の鳥居を潜って広大な神領にまず拝し、さらに一歩奥へと進んだ。熱田神宮の創建の由来はさておき、尾張徳川が、

「日本大棟梁熱田神宮百王鎮護宗廟」

を庇護《ひご》していた。

清之助は父の惣三郎以来、幾多の戦いをなしてきた敵の本陣に入り込んだことになる。

「父に居場所を告げる文は後ほど一の鳥居に張りにこよう」

「われらの旅籠が決まってからでよいでしょう」

と善五郎は清之助を参道の奥へと導いていき、二の鳥居の前で左手に曲がった。

神領にあって俗なる世界がそこに広がっていた。

太神楽《だいかぐら》の調べが響き、口上が聞こえる。囃子《はやし》の音が伝わり、大勢の人いきれがする場所が広がっていた。

（結衣がこのどこかにおるのか）

清之助は芝居小屋の幟《のぼり》が閃《ひらめ》くのを見た。だが、江戸から戻った五月一座ではなかった。

二人は芝居小屋を聞き回ったがどこの木戸番《きどばん》も、

「五月柳太郎一座が江戸から戻ったたって話は聞かないがねえ」

「柳太郎座長が熱田に帰ったって、それならそうでさ、派手な乗り込みをなさるはずだがや」

などと、どこも熱田丸で宮に到着した五月一座のことを知らなかった。

清之助は、芝居小屋を聞き回る途中から尾行がついたことを察した。

「善五郎さん、われらをだれぞが尾行しておるようだ」

「そのようですね。まあ、熱田神宮に一座が落ち着いてないことは分かりました。湊へ引き上げますか」

善五郎は参道には戻らず、名古屋城下へと向かう宿場へと抜けようとした。するとそれまで隠れて尾行していた者たちが姿を見せた。

やくざ者で六人ほどだ。頬の殺《そ》げた、総髪の男が兄貴分のようで片手を懐に突っ込んでいた。

手先の一人の大男は六尺（約一八二センチ）ほどの赤樫《あかがし》の棒を小脇に抱えていたが、

「お、おめえら、なんで五月柳太郎一座のことをこそこそ調べて歩く」

と間延びした語調で訊いた。すると口の端から涎《よだれ》が垂れ下がった。

「それがしは五月柳太郎一座の芝居が好きでな、宮の宿を通りかかる度に見物するのが楽しみなのだ」

善五郎が答えた。

「ど、どこのものだ」

「西国の大名家に仕えるものだが、武士が芝居小屋に入ってはいかんという触れでも出たか」

「兄い」

と涎くりが総髪の頭分を見た。

頭分の顎《あご》が動いた。

すると涎くりが予期せぬほどの敏捷《びんしょう》さで小脇の棒を横に引き回した。

善五郎が、

「おっと」

と言いながら飛び下がり、赤樫の強襲を避けた。その傍らに立っていた清之助は反対に涎くりの内懐へと飛び込み、赤樫の棒を握る手を片足で蹴り上げていた。

「い、痛てえ！」

涎くりが思わず六尺棒を放した。それを清之助が掬《すく》い上げるように摑むと、

「だれに頼まれたな」

と総髪の兄貴分を見た。

「おめえはだれだ」

渋い低声が訊いた。年は三十前か。着流しの右袖がぶらりとしていた。懐《ふところ》に右手を突っ込んでいるせいだ。

「馬鹿めが、この方を知らずに襲おうとしたか」

善五郎が清之助が止めるより早く、

「先の剣術大試合で次席に入られた金杉清之助様だぞ。おめえら風情がいくらかかっても敵う相手ではないわ」

と清之助に代わって啖呵《たんか》を切った。

「そうか、おめえが金杉清之助か、ならば出直すしかあるめえ」

総髪は弟分を置き去りにしてくるりと背を向けた。

「そなたの名は」

「姥堂《うばどう》の精次《せいじ》」

という声が返ってきたが、もはや振り向きはしなかった。

「お、おれの棒を返してくれ」

涎くりが清之助に言い、清之助が涎くりの大男の顔の前に棒を横にして弓なりに投げた。

涎くりが棒に片手を差し伸べ、虚空で摑み、小脇に納めようとした。

豹変《ひょうへん》したのはその動作の途中でだ。

「ゆ、許せねえ!」

叫んだ涎くりが大きな体の背を丸めるように突進してきた。小脇に戻されたばかりの六尺棒が突き出されて、清之助を襲った。

清之助にはそれが予定通りの動きか、兄貴分の命に反した行動か判断つかなかった。

だが、咄嗟《とっさ》に悟っていた。

涎くりが間延びした言葉遣いの裏に恐るべき力を秘めていることをだ。

「善五郎さん、手出しは無用ですぞ！」

そう命じた清之助は腰を沈めて踏み込んだ。

新藤五綱光を六尺棒の鋭い突きに合わせて引き抜いていた。

二尺七寸三分の刃が光に変じ、喉元を突き破らんばかりの勢いの棒の先端から一尺五寸（約四五・四センチ）を斬り飛ばしていた。

涎くりは手に残った赤樫の棒を振り翳《かざ》して清之助をなおも襲い続けようとした。

仲間たちが素早く連携して動くのが見えた。

懐の匕首《あいくち》を抜き、長脇差を構えて涎くりの後詰めに回った。

総髪の兄貴分だけが歩みを止めた場所で振り返り、再開された戦いを他人事のように眺めていた。すべては仕組まれていた。

涎くりを補佐して四人が巧妙に間合いと場所を移し替えた。

善五郎は清之助の命を守って手を出さなかった。総髪の兄貴分を牽制《けんせい》するように戦いの場を挟んで、戦いと兄貴分の動きを見詰めていた。

涎くりは相変わらず仲間の先陣を等分に切りながら、斬り残された赤樫の棒をぐるぐると風車のように回して、清之助の隙《すき》を窺っていた。

間合いが一間（約一・八メートル）から半間、半間から一間と目まぐるしく交替し、先陣を切るのが涎くりから左手の仲間、右端の仲間と替わった。

清之助は、五人が綾《あや》なす巧妙な動きが修羅場で培《つちか》われた喧嘩殺法だと承知していた。

この手合い、命を捨てる覚悟もせずに生死の境を越えて突っ込んでくる。

修羅場殺法を虚仮《こけ》おどしの素人芸と読み誤り、剣道場で修行した剣士が自らの命を失う場に清之助は、幾たびも遭遇してきた。

清之助は五人の複雑な連携が涎くりを基点に動いていることを察した。そう、考えたとき、

「参る」

と宣告し、踏み込んでいた。

涎くりが匕首を握った小柄な仲間と交差して清之助の正面に戻ったとき、正眼の構えの綱光を引き付け、満月に引き絞られた弓の弦から放たれる矢のように次に動くべき場所へと飛んだ。

涎くりは清之助が立つ場へと飛んだ。だが、清之助の姿はなかった。慌てて次なる場

へ、清之助が仕掛けた、

「罠」

へと横っ飛びに飛びながら赤樫の棒を回した。

正眼の剣が右斜めに流れ落ちて、回転して近付く棒を再び切断し、勢いが衰えぬままに涎くりの大きな胴を斬り割っていた。

わあぁっ！

涎くりが足をもつれさせて斃れこむ姿を横目に見て、清之助は二つに分断された四人の右手へと飛んでいた。

「糞ったれが！」

匕首を眼前に構えて動いていた仲間が、自らの前へと移動してきた清之助のしなやかな長身の胸へ使い慣れた得物の切っ先を抉《えぐ》り上げた。

清之助には予期された行動だった。

綱光は涎くりを斬った動きのままに虚空に跳ね上がり、優美にもその場で刃を閃《ひらめ》かせて下降の準備を終えていた。

綱光が滑り落ち、匕首が突き出された。

だが、清之助が間合いを計算してその場に移動したのだ。

七首が清之助の胸を抉るには一歩、いや、半歩ほどさらに踏み込まねばならなかった。

綱光が七首を突き出す手首の腱《けん》を正確に斬り割り、さらにその後詰めにいた仲間へと襲いかかっていた。

三人が一瞬のうちに斃され、残された二人が清之助に突っ込みかけたが、総髪の吹いた口笛に動きを止めた。

「馬鹿めが、おめえらで相手になるものか」

総髪が吐き捨てた。

清之助は我に返った二人の弟分が呆然として戦意を失ったのを確かめ、

「善五郎どの、引き上げよう」

と抜き身を提げたまま戦いの場から遠ざかった。

一町も離れた宿場の裏路地で清之助は綱光に血振りをくれて鞘に納めた。

「清之助さん、やくざにもあんな男がいるのか」

善五郎は総髪の男、姥堂の精次を気にした。

「武芸者であれ、渡世人であれ、女であれ、刃物を持った相手に心を許してはなりませぬ。回国の途次、名のある武芸者が油断したばかりに飯盛り女郎の包丁に刺されて死んだ場面を何度か見たことがあります。ともかく命をやり取りする連中は剣道場で習った技の動きなど糞食らえです、度胸一つで突っ込んでくる手合いは危険です」

「肝に銘じます」

「まず湊に戻り、どこぞに旅籠を探しましょうか」

二人は宮の宿から名古屋城下に向かう町並みの途中に出た。

「結衣様はどこにおられるのでしょうね」

「熱田丸の副船頭どのの話から推測するに、結衣に危難が差し迫っているとも思えませぬ。尾張様が妹をどう使うか、長期戦になりそうです」

「どうなさる」

「父が名古屋に着くまでにこちらの陣容を整え、下調べに専念しましょう。なにしろ相手は尾張柳生です」

それも敵地で戦うのだ。これまで戦ってきた刺客たちより何十倍も危険に満ちた舞台だった。

「金杉惣三郎様とはどのようなお方ですか」

「さて、どういう人間でしょうか。不器用な生き方しかできませぬと答えるしかございません」

「それはそうでしょう。吉宗様の上覧試合の審判を務め、老中水野様の剣術指南をなさりながら、仕官もなさらず道場を持とうともなさらぬ。欲なきお方に決まってます」

「欲は人並みにございましょう。せっせと火事場始末の帳付けをしながら一家を養い、時に酒に酔い食らっておりますから」

「それは人がおしなべて持つ欲望にございます。それがしが申すのは野心です。どこそこの大名家に何千石で奉公したいとかそんな野心です。天下の剣者金杉惣三郎様なればいとも容易《たやす》くできるはずです」

「それはできますまい」

「なぜです」

「父は豊後《ぶんご》相良《さがら》藩に奉公していたことがございます。父の実家は五十三石取りの下級武士でしたが、二十歳で幼君斎木《さいき》高玖《たかひさ》様の武術指南に抜擢《ばってき》されて江戸に出たそうです。だが、父はすぐに国許に戻され、不遇の時代を過ごします。私はその理由を聞かされておりませぬ。それがしと妹のみわは、この間に相良城下で生まれたのです。高玖様が藩主に就《つ》かれた折、再び父は藩政の表舞台に立ち、高玖様を助けて江戸留守居役の要職を務め、藩政改革に尽くしました。殿様と父の間には若き日に江戸で共有した、なにかの出来事があって、それが親密な関わりを続けさせている、それは確かです。数年後、父は相良藩を離れて野に下りました……」

善五郎が、ふうっと息を吐いた。

「父は高玖様に遠慮して、新たな仕官は求めますまい。おそらく長屋暮らしを続けて一剣術家として生涯を終えましょう」

「清々しい生き方ですね、清之助様のお父上のお人柄が、それがしにもなんとのう理解がつくようです」

と善五郎が答えたとき、二人は宮の湊に戻っていた。湊ではすでに常夜灯が点《とも》されていた。

宮の渡しは七つ（午後四時）を最後に渡し船の往来を禁じた。それは慶安《けいあん》四年（一六五一）、由井正雪《ゆいしょうせつ》が騒ぎを起こして以来の決まりごとであった。

常夜灯は宮の湊を知らせるものであり、渡しが翌朝でなければ出ないことを旅人に告げるものでもあったのだ。

二人が宿場に上陸したときよりも波嵩《なみかさ》が増していた。

「金蔵父っつぁんに訊きましょうか」

善五郎が手を大きく振って岩田丸を呼んだ。すると金蔵が伝馬を下ろして二人を迎えにきた。

「妹御は見つかりませんかえ」

「結衣様どころか一座そのものが熱田神宮にはおらぬわ」

善五郎が答えた。

「熱田丸の副船頭が嘘をつくとも思えぬがのう」

「金蔵どの、熱田丸の連中も騙《だま》されたのであろう」

と清之助が答え、善五郎が問うた。

「長期戦になりそうでな、旅籠《はたご》を求めたいのだが、父っつぁん、どこぞ知り合いの旅籠はないか」

「わっしら船頭が泊まるような水夫《かこ》旅籠でようございますか」

「構いませんよね」

と善五郎が清之助に同意を求めた。

「宿場の大旅籠より気楽です」

「ならば今から参りましょうか」

と金蔵が名古屋へ向かう家並みに並行した運河へと伝馬の舳先を向けた。

案内されたのは宮の宿と名古屋城下の中ほどに位置する旅籠だった。それは運河の石垣の上に平屋が突き出るように建てられていた。

「わっしがまず訊いてきやす」

金蔵が言い、伝馬を杭《くい》に舫《もや》うと流れまで下りている石段に飛んだ。

「金蔵船頭方をいつまでも引きとめてもなるまい」

「そうですね、長期戦となると一旦津に戻しましょうか」

そんなことを話していると金蔵が、

「端っこの部屋を一つ空けさせましたぞ。湯も沸《わ》いたところだ」

と叫んだ。


半刻後、清之助は父親と津の回船問屋安濃屋の番頭に宛てた手紙を懐に、岩田丸に戻る伝馬に乗っていた。

善五郎には手紙を一の鳥居に張りに行くだけで、夕餉までには戻ると断わっていた。

「金蔵どの、世話をかけたな」

「なんのことがございましょうや。うちは柳生様とは親しき仲だ。嵐の海に船を出せと命ぜられても黙って乗り出すほどの交わりでさあ」

「この手紙を安濃屋の番頭どのに渡してくれぬか」

「へえ」

櫓《ろ》を漕ぐのを止めた金蔵が封書を受け取り、訝しい顔をした。

「金杉様、金子が入っておりますので」

「津の湊を慌しく出たで、傭船賃も決めてこなかった。此度の一件、そなたももはや承知のようにわが家に関わる話でな、柳生様には直接に関わりなきことだ。中に包んだ金子では足りぬとは思うが、まず番頭どのに差し上げてくれぬか。仔細《しさい》は文に記してある」

「確かにお預かり致します」

と答えた金蔵が櫓に力を入れながら、

「清之助様のお父っつぁんや清之助様のような武芸者は、些細なことにはこだわらねえのかと思うておりましたがな」

「父は日々の暮らしや習わしを大切にして生きてきたのです。私にもその血が流れているのかもしれませんね」

伝馬が常夜灯の近くに着けられた。

「金蔵どの、またお会いしましょう」

「妹御とご一緒にな、津で待ってますよ」

清之助は再び熱田神宮に向かって歩き出した。

第五章　広小路親子舞《ひろこうじおやこのまい》

一

清之助は熱田神宮一の鳥居に父への文を残そうとしたが、まだ人の目があることを見て、気が変わった。

善五郎と一の鳥居は潜《くぐ》ったが、社殿へ参ったわけではない。草薙剣が御神体ならば、

「武人の神」

の宮と言うことだ。まず社殿に拝礼して、

「結衣の身の安全」

を祈ろうと思ったのだ。

社殿への参道を歩きながら、父が自分への手紙を認《したた》めた後すぐに江戸を発《た》ったとすれば、旅慣れた父のことだ、今日明日にも、いや、すでに到着していても不思議ではあるまいと考えた。

清之助が武者修行のために密かに江戸を出たのは享保剣術大試合の翌未明、享保六年（一七二一）十一月十六日であった。

惣三郎との再会は二年四月余ぶりのことになる。

感慨深い父子の再会の前に結衣の家出、その実、尾張と尾張柳生の姦計《かんけい》に嵌《は》められて勾引された事件が黒々と横たわっていた。

時鐘が鳴り響いてきた。

熱田神宮の南に位置する蔵福寺《ぞうふくじ》の時鐘の音だ。

社殿の辺りは急に暗くなったようだ。

清之助は岩田丸の傭船賃を支払ったせいで急に懐寂しくなった財布から一朱を出すと賽《さい》銭《せん》箱に投げ入れ、二拝して拍手《かしわで》を打った。

「祓《はら》いたまえ、清めたまえ、神《かむ》ながらわが妹結衣の身守りたまえ、幸《さきわ》いたまえ」

と口の中で唱えると再び一拝した。

頭を起こして社殿の前から石段を下った。神域から急に人影がなくなり、石畳と玉砂利の広場に薄闇《うすやみ》が広がっていた。

清之助は四方から見詰められる、

「目」

を意識しつつ、ゆっくりと一の鳥居に戻ろうとした。だが、監視の中で父への手紙を残すわけにはいかなかった。

鬱蒼《うっそう》とした神域の森を揺るがして烏《からす》の群れが鳴いた。

烏の鳴き声に誘われるように、森へと足を踏み入れた清之助は鹿島神宮の森を脳裏に思い浮かべていた。

清之助の剣術は父の手解《てほど》きに始まり、車坂の石見銕太郎道場入門、そして、石見銕太郎の師匠、鹿島の米津寛兵衛の下での住み込み修行で本格的なものになった。

鹿島にあったとき、清之助は深夜や夜明け前、鹿島の神域の森に分け入り、独り座禅を組み、木刀の素振りや真剣の抜き打ちに励んできた。

鬱蒼とした森も深い闇も静寂も、そして、森に棲《す》む狐狸妖怪《こりようかい》の気配とも馴染みの仲だ。

一歩ごとに光が薄れて闇に変じた。すると、敵意が込められた監視の目がどこにあるか清之助には明らかになった。

「尾張柳生の衆か」

清之助が問いかけた。

返事はない。

木々の枝がさわさわと鳴り、闇に潜む者たちが移動して清之助を大きな円に囲んだ。

殺気が満ちた。

清之助は殺気の只中《ただなか》で新藤五綱光の柄に手を添えた。殺意の輪が静かに回り始め、清之助に向かって急速に縮まり、再び広がった。

清之助の間合いと勘を狂わすための動きだ。

清之助は闇の中で回転する動きに惑わされることなく、ひっそりと立っていた。

不意に殺気が濃密に膨《ふく》れ上がり、清之助に向かってそれが四方から押し寄せてきた。

「だれか、わが眠りを妨げる者は！」

怒声が響いた。

かさかさとした喉奥から搾《しぼ》り出されるような声だ。

殺意の輪がふいに停止し、畏《かしこ》まり、逃げ散る様子が窺えた。

清之助は待った。

殺気を放射した連中が消え、闇に一つの気配だけがあった。

「どなたか存じませぬ。お眠りを妨げ申し、恐縮至極にございます。それがし、回国武者修行中の若輩者《じゃくはい》、金杉清之助と申す者にございます」

「なにっ、金杉清之助とな。よう尾張の地に参った。その度胸、褒《ほ》めて遣わす」

森閑《しんかん》とした森にしわがれ声だけが響いた。

「どなた様にございますか」

「柳生七郎兵衛厳包じゃあ」

「連也斎様にございましたか」

清之助の言葉にはなんの疑いの念もない。ないばかりか尊崇の念が込められて聞こえた。

尾張柳生三代目の柳生厳包は元禄《げんろく》七年（一六九四）十月十一日、七十歳で身罷《みまか》っていた。三十年も前のことだ。

むろん清之助はその事実を承知していた。だが、世の中には常識で判断できぬことがいくらもあった。清之助と剣術大試合で戦った柳生六郎兵衛は死してなお、尾張柳生の当代に君臨していた。連也斎が清之助の前に姿を見せたとしてもなんの不思議もない。

そんな清之助の態度に声が問うた。

「清之助、尾張の地に踏み入ったわけを問おうか」

「連也斎様、わが父より妹結衣が尾張を拠点とする芝居一座五月柳太郎一行に加わり、尾張に向かったとの知らせを得て、旅先から駆けつけました。妹はまだ十五歳にございます。年端も行きませぬ娘ゆえ両親も案じております。それがし、結衣の真意を問い質すために宮の宿に入りましてございます」

「妹を追ってのことというか」

「いかにもさようにございます」

「して妹とは会うたか」

「宮の湊で、熱田神宮境内にて興行を打つとの情報を得ましたが、一座がいる様子はございませぬ」

連也斎からすぐに返事が戻ってこなかった。

「連也斎様、父金杉惣三郎の代からわれら親子、尾張柳生ご一統と戦う宿命を負わされて参りました。その理由を連也斎様にご説明する要はございますまい、十二分にご承知なされておりましょうからな。それはそれ、剣に生きる者が辿る道にございます。ですが、もし妹が尾張に参った背後に尾張柳生ご一統の意思あるなれば、それは武人の道にもとることかと考えます。金杉親子の命欲しくば、戦いの場を指定して頂ければそれで済むことにございます、われら即刻出向きます」

「清之助、そなたの申すことに嘘偽りはなきや、二言はなきや」

「金杉清之助、柳生の先人柳生十兵衛様、柳生連也斎様の歩まれた道を辿る武芸者の一人にございます。姦計《かんけい》は用いませぬ」

「よかろう。しばし時を貸せ」

連也斎の気配が消えた。

熱田神宮の暗い森を覆っていた緊張が一瞬薄れ、ざわざわとした雰囲気が漂い、低声だが饒舌《じょうぜつ》なお喋りがあちらこちらで起こった。だが、それもすぐに静まった。最初に殺気を放った連中は連也斎と清之助の問答を闇《やみ》の一角から見守っていたようだ。

清之助は闇に潜んだ者たちに時を与えた。

新たに陣形が整えられた。

広大な闇の一角におぼろにも青白い光柱が立ったと思うと、中にうっすらとした黒い人影が見えた。それが一つ二つと増え、清之助は光柱によって囲まれた。人影がおぼろな光を放つのか、あるいは光柱の柩《ひつぎ》に入れられた剣士の集団か。

光柱の集団は一斉に剣を抜いた。氷の刃のように青みを帯びた刃であった。

「そなたらは闇より蘇りし尾張柳生の面々か」

無言の裡《うち》に頷いた。

これまで金杉惣三郎や清之助と相対してきた尾張柳生の中で、二人に斃《たお》された剣者たちが再び清之助の前に姿を見せたのか。

「そなたら、連也斎様との会話を聞かれましたな。こちらにはなんの邪心もござらぬ。妹を母者の手に連れ戻したいだけにござる」

返事はない。

殺意が増した。それが返答だった。

「致し方なし」

両足を開き気味に立ち、清之助は足場を固め、わずかに腰を沈めて四方からの攻撃に備えた。

左手の剣士が氷の刃を高々と突き上げ、
するする
と清之助との間合いを詰めてきた。だが、おぼろな光柱の動きは途中で方向を変じて、清之助から遠ざかった。

続いて二人目が、同じ行動をとった。さらに残った無数の光柱が思い思いに複雑な動きをなして清之助の目を暗まそうとした。

清之助はただ一点、正面を見据えていた。

するする

と動くおぼろな光柱が二つ三つと交わり、一つになって力強さを増し、青白くも強い光を放った。

その瞬間、一つになった光柱が清之助に押し寄せてきた。

その氷の刃は高々と掲げられ、清之助に向かって振り下ろされた。

清之助も自ら間合いの中へ、氷の刃の下へと踏み込んでいた。

光柱の剣士が接近してくると清之助の全身に寒気が襲いきた。その寒さが清之助の動きを一気に鈍らせ、凍てつかせようと企てた。

だが、清之助は剣者の本能に従った。膨大な稽古の集積がいつもどおりに彼を動かしていた。

すでに新藤五綱光は引き抜かれ、横一文字の刃風と変じていた。

氷の刃に向かい、綱光が変化《へんげ》した。

刃渡り二尺七寸三分が炎と変じて、氷の刃と接した。

氷と炎の刃がぶつかった。

その瞬間、耳の鼓膜を震わす、
きーん！

と乾いた金属音が熱田神宮の森に鳴り響き、炎の剣に氷の刃が二つに両断されて飛んでいた。

おおおっ！

というどよめきが思わず洩《も》れて、氷の刃を振るった剣士は光柱の中で立ち竦んでいた。

だが、その驚きは早かった。

抜き打たれ、氷の刃を両断した炎の綱光が右手からさらに鋭角に頭上へと引き回され、清之助の頭上に、

ぴたり

と静止した。

その瞬間、綱光の刃に纏わりついていた炎は消えていた。

闇の神域にこれまで流れたこともない清風が穏やかに吹き流れていた。

悠久の時の流れを感じさせる静寂があった。

霜夜に針仕事をする女の手から針が落ち、はっ、として息を飲んだ気配が何十里も先に伝わるような静謐《せいひつ》だった。

清之助の前に立ち竦んでいた剣士が手に残った氷の刃を再び清之助に向け直そうとした。

さらに森閑とした一瞬の静寂があって、手から離れた針が床に落ちた。

その瞬間、清之助の頭上の綱光が再び力を得た。

ゆっくりと、確実に二尺七寸三分の豪剣が振り下ろされようとした。すると清之助の頭上の綱光の刃は再びめらめらと燃え盛る炎に包まれて、それが、

すいっ

と眼前の光柱の剣士に向かって流れていった。

青白いおぼろな光柱の剣士に燃え盛る綱光が襲いかかり、真っ向唐竹割《からたけわ》りに斬り落とした。

「霜夜炎返し」

その言葉が洩れたとき、光柱の剣士は清之助の足元に崩れ落ちていた。

熱田の森に衝撃が走った。

騒然としたざわめきの後、おぼろに明るい光の柱の甲冑《かっちゅう》を身に纏った者たちは闇に溶け込んで消えていった。

清之助の足元でも、

さわさわ

と音がして、斃《たお》れていた剣士の姿が消えてなくなっていた。

再び森は闇に戻った。

清之助は綱光を鞘に戻すと森から参道に戻った。

遠くに一の鳥居の影が見えた。

興奮を鎮めるように玉砂利を踏んでゆっくりと一の鳥居に歩き出した。

(善五郎どのが心配していような)

清之助は旅籠で待つ若者を思った。

旅籠に戻るためにも父への文を一の鳥居に残していかねばならなかった。

どれほどの刻《とき》が流れたか不明だった。

鳥居の向こうの宿場の様子からしてすでに五つ(午後八時)は過ぎていると思えた。

一の鳥居の付近には人影はない。

清之助は懐に用意していた惣三郎宛の、旅籠の場所を告げる文を出した。

太い柱には何本か細い亀裂が縦に走っていた。

清之助は、その柱の亀裂の隙間に文を差し込もうとした瞬間、鳥居の向こうに待ち受ける新たな人物を感じ取った。

清之助は八代将軍吉宗に敵意を抱く尾張の、徳川継友と宗春兄弟の城下に、尾張柳生の支配する敵陣の只中にいることを改めて意識した。

清之助は罠に嵌《はま》っていた。

戦いの直後、一の鳥居の傍に戻って油断した。

鳥居の向こうには東海道有数の宮の宿場があった。そのような場所に最後の刺客が待ち受けていようとは……。

清之助は父に宛てた文を柱の亀裂に差し込もうと右手を差し上げたまま、左手を脇差の柄にゆっくりと垂らした。

刃渡り二尺七寸三分の長剣綱光を抜き打つ場はない。

清之助の眼前には一の鳥居が、何人もの大人が両手を広げてようやく周りを囲むことができる太い柱があったからだ。

もし、柱の横手へと飛びながら綱光を抜き打ったとしたら……おそらく清之助に最後の最後までその気配を感じさせなかった人物は、鳥居の陰から出た瞬間を襲いくるだろう。

清之助は不用意に鳥居から離れることはできなかった。と言って、利き腕の右手を鳥居の上部に差し伸ばしたまま、じっとしているわけにもいかなかった。

相手は清之助が鳥居の反対側に近付くのを待ち受けていたのだ。すでに清之助を襲撃すべく仕度を終えていた。

清之助は一の鳥居の柱の向こうに潜みつつ、気配を消し去っていた人物に驚嘆と脅威を感じながら、ゆっくりと行動を起こした。

右手に持つ惣三郎への文を指先で静かに開いていった。

清之助の背後から夜風が吹いてきた。

宿場のどこかで犬が吠え声を上げていた。

夜回りの拍子木が鳴っている。

湊の沖合いに停泊する帆船の帆柱が波に揺られて軋《きし》んだか、
ぎいっ
という音を立てた。

清之助は右手の文を静かに落とした。広げられた文は鳥居の幹元に纏わりつくように、
ひらひら
と落ちていった。そして、相手に見える玉砂利の上へと落ちた。

薄い月明かりが、

「父へ、堀端の水夫宿仁松丸《じんまつまる》に宿致し候、清」

の文字を判読させた。

その瞬間、清之助は落ちた文の前へと身を晒して横っ飛びし、左手で脇差を抜き上げていた。

相手が見えた。

鳥居に同化するように立つ影は剣に手も掛けず、

「清之助、文はただ今受け取った」

と言った。

「父上」

清之助は抜いた脇差を背に回した。

「心配をかけたな」

「なんのことがございましょう。いつお着きになられました」

「先刻のことだ。熱田神宮の一の鳥居を探して境内に入ろうとすると、森が騒がしいではないか。騒ぎを見物させてもろうた」

「亡くなられた連也斎様が姿を見せられました」

「尾張様のお膝元にわれらは誘《おび》き出されたのだ、魑魅魍魎《ちみもうりようもろもろ》諸々姿を見せるわ」

「父上、旅籠にて待ち人がおります。まずはそちらに参りませぬか」

「案内を頼もうか」

清之助は父の風貌を見た。

東海道を一心に上がってきた疲労が無精髭《ぶしようひげ》の顔にも旅塵《りよじん》に塗《まみ》れた五体にも漂っていた。

なにより二年数ヶ月ぶりの父は老いていた。

「結衣の行方まだ摑めておりませぬ」

「連也斎どのが闇から目覚められたことはわれらにとって吉報かもしれぬ」

「はい」

「結衣の行方、必ずや連也斎どのが摑んで下さろう。そんな気がする」

「その代わり父と清之助の命を差し出すことになります」

「今に始まったことではないわ。そのときはそのときよ」

と答えた惣三郎に、

「いかにも」

と清之助が応じていた。

二

百武善五郎は一の鳥居まで文を張り付けにいった清之助を、夕餉の箸を取ろうともせず待っていた。そこへ清之助が惣三郎を連れて戻ってきたのだ。

「善五郎どの、待たせたな。父と会えたのだ」

（このお方が天下の武芸者金杉惣三郎か）

と会釈をしながら、

「まずは草鞋をお解き下さい」

と願った。

善五郎は帳場に行った。

「今頃、膳を追加じゃと」

「なんぞありあわせのものでよい。酒はふんだんにな。旅籠賃は数日分預けておくでな」

と家老の小山田春右衛門から預かってきた財布から一両を出して与えた。

「芋汁《いもじる》に漬物くらいしかねえぞ」

「構わぬ、酒は頼む。あとはわれらでやるでな」

ようやく膳一つを追加させた。さらに善五郎は湯殿に二人を案内して、自ら竈《かまど》に薪をくべてぬるくなった湯を温めようとした。

「善五郎どの、世話をかけるな」

清之助が湯殿の中から叫んだ。

「惣三郎先生とお会いできてようございました」

「今宵会うたは父ばかりではなかった」

「どなたか別の知り合いに会われましたか」

「熱田の森で尾張柳生の柳生連也斎様にお目にかかった」

「清之助さん、冗談を申されますな。善五郎、肝を冷やして待っていたのですからね」

善五郎には、三十年前に亡くなった人物がこの世に現われることなど考えられなかった。

長年、酷寒酷暑の野山に伏し、底知れぬ闇がこの世のあちこちに口を開けていることを極限の修行で承知した者だけが会得する感覚、想念だ。

この世にはまだまだ摩訶不思議《まかふしぎ》なことが存在していた。善五郎はいまだその理が分からなかった。

「それにしてもようございました。お父上とお会いできて」

湯殿の板壁越しに会話が続けられた。

惣三郎は道中に疲れたのか、娘を案じる気持ちが強いゆえか、まだ一言も言葉を発してなかった。

善五郎が薪をくべようと立ち上がった。すると、

「父上、百武善五郎どのが柳生から津まで伊賀街道を馬にて導いてくれたのです」

という清之助の言葉が聞こえてきた。

「柳生の方々にも迷惑をかけたな」

惣三郎の声が優しく響いた。その声音には、清之助と会えてほっとした安堵の情が滲《にじ》んでいた。

「ともかく今は結衣の行方を突き止めることにございましょう」

「まず宮の宿にはおるまい。名古屋城下におると見たがな」

「そのことは湯から上がった後、ゆっくりと相談致しましょう」

と答えた清之助が、

「善五郎どの、お蔭様でよい湯加減になってきた」

と叫んだ。

三人は台所の囲炉裏端《いろりばた》で膳を並べることにした。善五郎が燗《かん》のついた徳利を三本ほど膳に運んでくると、正座した惣三郎が、

「百武善五郎どの、此度は厳《いか》い世話になり、また迷惑もかけておる。金杉惣三郎、このとおりにござる」

と頭を下げた。

「そ、惣三郎先生、それでは話もできませぬ」

徳利を置いた善五郎がその場に平伏し、改めて対面の挨拶を終えた。すでに三人の膳を用意した宿の者は寝間に下がり、囲炉裏端は三人だけだった。

「惣三郎先生、まずは一杯」

と善五郎が惣三郎の、さらに清之助の盃を満たし、徳利を取った清之助が善五郎の盃に注いだ。

「父上、熱田安着《あんちゃく》まずは祝着にございます」

「うーむ、そなたらには迷惑をかけたな」

三人は盃を干した。

清之助は大和柳生の里に知らせが届き、善五郎と馬を連ねて伊賀路を熱田へ走りきた道中を語った。

「父上、此度の結衣の一件と連動したことかどうか分かりませぬが、柳生の里に五人の尾張柳生の武芸者が訪れ、石舟斎様の遺徳を偲《しの》ぶために柳生で修行をさせてほしいと願われたのでございます」

「なに、尾張柳生の五人とな。それがしが知りうるかぎり尾張柳生と大和柳生の交流は絶えておると承知していたがのう」

善五郎が惣三郎の言葉を肯定《こうてい》して頷く。

「それにいま一つ訝しきことがございました。彼らが持参した口添えの差出人は尾張柳生の六郎兵衛様にございました」

「なにっ、死者が口添えをしたか」

　この会話、善五郎にはなんのことか理解がつかず、黙って拝聴するしかなかった。

　尾張柳生の当代、先の享保剣術大試合の覇者柳生六郎兵衛が試合の夜に一条寺菊小童に襲われて身罷ったことは世に公表されていなかった。

　善五郎は当然六郎兵衛が存命のものと考えていたのだ。だが、親子の会話は死者の連也斎が生きてあるように言い、生者の六郎兵衛がすでに死んだものと決めつける響きがあった。

「五人の狙いは柳生に滞在する清之助の命を縮めることと、大和柳生の力を探ることにあったのではと推測しております」

「うーむ。そやつら、どうなった」

「ちょうどその折、大和屋吉兵衛様が、お孫様の桜どの梅どのをお連れになって柳生に陣中見舞いに来られました。その一行の帰り道を襲わんとしたこともあり、それがし一人を除いて四人を討ち果たしました」

「そなたの手から逃れた者がおるか」

「その者、柳生小連也斎光厳と名乗りましたが、いまだその実力を隠したままにございます」

「ほう、面白いのう」

清之助は父と善五郎の空になった盃それぞれに酒を注いだ。

「花火の親分の女房静香さんが、みわや結衣をこの正月に宮地芝居に誘ったそうな。どうやら結衣が女役者に憧れたのはその時以来のことではないかと思われる。というのもな、吉宗様の治世に至り、江戸では質素倹約《しっそけんやく》、財政立て直しが優先され、新奇贅沢な衣服、調度、食べ物の流通を禁じられ、芝居や浄瑠璃《じょうるり》などを取り締まられて、江戸府中から火が消えたようでな、当然芝居の舞台も貧しい造りだ。

それに反してこの尾張名古屋では継友、宗春様が商いを奨励《しょうれい》し、芸事を助成して、江戸とは異なる開放政策を進行させておると聞く。静香姐さんが申すには、結衣が惚《ほ》れた宮地芝居の、紫市乃丞一座は江戸の大芝居にもないような衣装、道具立てできらびやかなうえに芸もなかなかのものだったそうな。娘役者も数人加わっていたという。その一座が、二月後に五月柳太郎一座と名を改めて、芝神明で再び興行をしておる。結衣はどこでどう知ったか、正月に見た一座と気付き、一座入りを心に決めたらしい」

清之助は黙って頷きながら父の話を聞いていた。

「そんな折、車坂の石見銕太郎道場に年の頃二十七、八歳か、身の丈五尺八寸ほどの旅の武芸者が訪れ、一手ご指南をと願ったことがあった」

　惣三郎の話題は結衣から急に車坂に転じていた。

「新神陰一円流の八戸鶴太郎忠篤と名乗り、久村定次郎どのの末弟左之助とそなたの幼馴染の谷村信平が立ち会った」

「ほう、信平が」

「近頃、信平は熱心に稽古に励んでおってな、腕を確実に上げておる。だが、八戸とは格段の差があった」

「信平、打ち負かされましたか」

「いや、八戸鶴太郎は信平ばかりか、未熟な左之助にも一本取られた」

「八戸は正体を隠しておるのですか」

「そう見たでそれがしが三人目に立ち会い、さんざん打ち据えてみたが秘めた力を出しおらぬ」

「なにやら柳生を訪れた小連也斎どのと同じような話にございますな」

「おれもそなたの話を聞いてそう思うた」

　と答えた惣三郎が手にした盃の酒を飲み干し、清之助がさらに注いだ。

「五月柳太郎一座が芝神明の興行を打ち上げて、江戸を去り、翌日、結衣が姿を消した。結衣と一座は川崎宿で合流しておる、これは文に書いたな。一行は神奈川宿からこの熱田の回船問屋伊勢屋の船に乗り、東海道を避けた。この一行に八戸鶴太郎らしき人物が加わっていたのだ」

「いよいよ柳生小連也斎ら五人の剣客が柳生を訪れた一件と、結衣が芝居の魅力に惑わされて名古屋に誘い出された一件との繋がりが明白になってまいりました。尾張柳生の遠謀と見てようございますな」

「尾張柳生の背後には恐れ多いことながら、吉宗様暗殺のために次々に刺客を送り込まれる継友、宗春ご兄弟がおられる」

「父上がこれまで命を賭して戦ってこられ、近頃ではその刃が清之助に向けられておりましたが、此度はちと目先を転じて結衣へと狙いを変えたということですか」

「それもこれもそなたとこの惣三郎を尾張名古屋に誘い出すためよ」

善五郎は金杉親子の話を呆然と聞いていた。

金杉惣三郎は一介の素浪人にして武芸者ではない。八代将軍吉宗と繋がりを持つ人物ではないか。そして、清之助もまた惣三郎と同じ道を歩もうとしていた。

それにしても尾張の地にあって金杉親子の平然とした態度はどうだ、善五郎は目を見張った。

「父上は先ほど、結衣は名古屋城下におろうと申されましたな」

「なんの根拠があってのことではないわ。ただしだ、熱田の森でのそなたと連也斎様の会話を聞き、結衣の身、連也斎様が守って下さるような気が致す」

清之助は頷いた。

金杉親子の話は此岸《しがん》の者も彼岸《ひがん》に渡った人間も混在して、善五郎の理解を超えていた。

「善五郎どの、われら、明日から尾張名古屋の探索を始めます」

「名古屋は東海道第一の大都にございますが、どこから手始めにあたりますか」

「いまだ思いつきませぬ」

清之助が惣三郎を見た。

「父上、なんぞお考えはございませぬか」

「なくもない。今晩じっくりと考えて朝餉の席でそなたらに話そうか」

「ならばそろそろ飯に致しましょうか」

三人は遅い夕餉の箸を取った。

翌朝、善五郎が目を覚ますと床を並べて寝ていたはずの金杉親子の姿がなかった。

「しまった、寝坊をしてしまった」

善五郎は慌てて、囲炉裏端に行った。するとどこからか戻ってきた様子の清之助が茶を喫していた。

「惣三郎先生はどうなされました」

「それがしが目を覚ましたときにはすでにおらなんだ」

「探しに参られましたか」

「父の行動などだれも見当つくものですか」

「清之助さんにも推量つきませぬか」

「破天荒《はてんこう》な生き方をしてきたのです、想像しても無駄です」

と清之助が笑った。


尾張名古屋城近くに尾張徳川家の菩提寺徳興山建中寺《とくこうざんけんちゅうじ》があった。尾張家二代徳川光友《みつとも》が初代義直《よしなお》の菩提を弔うために慶安四年（一六五一）に建てたものだ。

広大な寺領の南側に入母屋造《いりもやづくり》の破風《はふ》を持つ堂々たる尾張柳生道場があった。

その未明、朝稽古が始まる前に一人の武芸者が道場を訪れ、道場の片隅でひっそりと座禅を組んだ。

朝稽古の刻限がきて、住み込みの門弟衆や通いの門弟が続々と道場に押しかけ、早速思い思いに体をほぐし、道場主が現われるのを待った。

八代柳生六郎兵衛厳儔が見所に座らなくなって久しい歳月が過ぎていた。

六郎兵衛は先の享保剣術大試合に尾張柳生の代表として江戸入りし、見事覇者の栄冠を勝ち得た。だが、そのまま江戸尾張屋敷に留まり、名古屋に戻ってくる様子はなかった。

風聞は幾多も流れた。

その一つが大試合の夜、江戸屋敷の湯殿で不意をつかれ、何者かに殺害されたというものだ。

「天下一の剣術家の六郎兵衛様が名もなき者に襲われたとて敗北することがあろうか」

「尾張柳生を貶《おとし》めんとする噂だぞ」

「いかにも尾張柳生の軍門に下った諸派の武芸者が流した根も葉もなき風聞よ」

と門弟たちの間で言葉が交わされたが、いつしか六郎兵衛の生死は触れてはならぬ忌諱《きい》になっていた。

最近では柳生兵助厳春《ひょうすけよしはる》が六郎兵衛の代わりを務め、長老柳生曾平入道《そうへいにゅうどう》が後見していた。

その朝、尾張家の重臣らとともに曾平入道が高床に座り、二百余名の門弟衆と相対して朝の挨拶を行なった。

そのとき、師範の一人内藤深右衛門《ないとうしんえもん》が道場の隅に座す武芸者に目を留めた。

「あいや、お手前はどなたにござるな」

無精髭を生やした初老の武芸者が瞑想していた両眼を開いた。

「断わりもなくお邪魔をしておる」

「そなた、いつからおられた」

「さて夜明け前からかのう」

「だれも気付かなんだか」

と訝しそうに答えた師範が、

「そなた、何用か。いや、お名前をお聞かせ頂こう」

と迫った。

見所の曾平入道ら尾張の重臣と門弟衆二百余名の目がその者に注がれていた。

あっ！

と驚きの声が門弟の間から起こった。師範が、
じろり
と見て、

「八戸鶴太郎、何ごとか」

「師範、金杉惣三郎にございます」

「なにっ！」

尾張柳生道場が騒然とした空気に包まれた。

平然と構えているのは惣三郎だけだ。

「金杉惣三郎、間違いなきか」

見所の曾平入道が糾《ただ》した。

「いかにもさようにございます」

「金杉、何用あって尾張柳生道場に踏み入った」

「これはまた異なことを仰せでございますな。それがし、江戸よりお招きにより参上した次第にござる」

「尾張柳生が差し招いたとな」

「わが末娘結衣を芝居一座に誘い込み、名古屋城下に連れてこられた。尾張柳生ご一統も尾張様もまさか幼き娘に関心はございますまい。となれば親の金杉惣三郎に用があると考えるのが筋、道理にござろう。ともあれ、万障《ばんしょう》繰り合わせて名古屋に参りましたゆえご挨拶に立ち寄りましてございます」

惣三郎が傍らの高田酔心子兵庫を摑むと、
ゆらり

と立ち上がった。

「今朝は挨拶のみにて失礼致す」

「待て！」

と見所の重臣の一人、年寄山村仁之兵衛《やまむらじんのひょうえ》が叫んだ。

「金杉氏、吉宗様の密命を帯びた武芸者のお手前を挨拶だけでお帰ししては上様にも申し訳なし、だれぞ金杉氏のご接待を致せ」

門弟衆の中から三人が、
すっく
と立った。

曾平入道が、

「猪狩美作《いかりみまさか》、そなたが相手致せ」

と偉丈夫《いじょうふ》の門弟に命じた。

「畏まって候」

指名を外れた二人が無念そうな顔で壁際に引き、門弟衆も道場を空けた。

猪狩美作は三十代半ばの門弟で尾張柳生の十指のうちの一人であった。

「金杉氏、得物はなになさるな」

山村が黙然と立つ惣三郎に訊いた。

「なんなりと」

その言葉に曾平入道、

「木刀とせよ」

と命じた。

惣三郎にも数本の木刀が運ばれてきた。手にしていた高田酔心子兵庫を腰に戻した惣三郎が中の一本を選び、二度三度と素振りをして、

「お借り致す」

と道場の真ん中に進んだ。

「高床の重臣方に申し上げる。挨拶代わりの馳走は一杯で充分にござる、さよう心得られよ」

勝負は一回と宣告していた。

猪狩美作が憤然としたがすぐに平静な顔に戻した。

二人は二間（約三・六メートル）の間合いで対峙《たいじ》した。

猪狩は正眼に木刀をとった。

惣三郎は木刀の先端を自らの左前の床に流して、

「寒月霞斬り」

の構えに入った。

尾張柳生道場が森閑とした緊迫に包まれた。

猪狩は間合いをじりじりと詰めてきた。

惣三郎は動かない。

間合いが一間を切り、さらに詰まった。

「ええいっ！」

猪狩の口から裂帛《れっぱく》の気合いが洩《も》れて、惣三郎に殺到した。

惣三郎はなおも引き付け、猪狩の木刀を額に感じるほどになって動いた。

腰が回り、木刀が斜めに斬り上げられて一条の光になって伸び、猪狩の木刀を弾いた。

かーん！

乾いた音が響いて、猪狩は第二撃に備えて木刀を引き付けようとした。だが、両手が痺《しび》れて保持できなかった。

うっ
と言いつつ、両の手に力を入れようとした。

その眼前で惣三郎の木刀が鋭くも反転していた。

猪狩は必死の思いで握り直した木刀を惣三郎の肩へ落とそうとした。
その直後、猪狩の脳天を強烈な痛打が襲った。
くねくね
と猪狩の鍛え上げられた体がくねると口から血反吐《ちへど》が、
ぱあっ
と吐き出され、前のめりに床に沈んだ。
「猪狩！」
「猪狩様」
叫び声が交錯し、混乱する道場を、
するする
と惣三郎は引き下がり、表へと逃れた。

三

惣三郎が戻ってきた。
「父上、どちらに」

「ちと汗をかきにな」

囲炉裏端に座った惣三郎に清之助が笑いかけ、

「して、汗をかかれた場所は」

と問うた。

「うーむ。さすがに尾張柳生様の道場は見事な造りでな、広さも充分であったぞ」

善五郎が悲鳴を上げた。

「尾張入りしたご挨拶をなしたまでだ、善五郎どの」

「と、申されてもただでは済みますまい」

「こうして無事戻ってきた。それでよいではないか」

「善五郎どの、朝餉を済ませようか」

と清之助が平静な声で言いかけた。

(惣三郎先生といい、清之助さんといい、何という親子か)

と善五郎は言葉を失った。

以後、三人の中でその話題が出ることはなかった。

朝餉の後、清之助と善五郎は尾張城下に結衣が身を寄せる、紫市乃丞、あるいは五月柳太郎一座が小屋掛けをしそうな寺社の境内やら盛り場やら河原やらを探し歩くことになった。

惣三郎は柳生連也斎の動向を考え、旅籠に残ることとした。

名古屋城下は台地に建てられた城を底辺に逆三角形をなす町造りだ。東西およそ一里半弱（五・七キロ）、南北一里半強（六・一キロ）の空間を京間五十間の碁盤割《ごばんわり》とし、城の南部と東部に上級武士団の屋敷が、城下を囲い込むように下級藩士の組屋敷、寺院が配置された。

町の中心部の碁盤割には町人屋敷が集まり、商い、芸能を奨励したので活気に満ちて、町家全体が繁華街の趣《おもむき》を呈《てい》した。

この城下に十一万余人が住み、他国からの旅人芸人商人諸々を受け入れたので、実際の住人にも増して人の多い城下であった。

道筋は本町筋（南北）、伝馬町《てんまちょう》筋（東西）ともに四間で整然としていた。

この物語から数年後、継友に代わって藩主の座に就いた宗春は将軍吉宗の質素倹約の政策に反抗して遊里や芝居を公認して、東照宮の例大祭もさらに派手に復活させたりした。

その宗春の時代の萌芽《ほうが》がすでに結衣を探し回る清之助と善五郎には感じられた。

二人は足を棒にして寺社町から芸能の町大須《おおす》界隈など芝居一座を探し回ったが、紫一座あるいは五月一座が名古屋に戻ったことを知る者はいなかった。

宮の湊から城下へ堀川が通じていた。城造りのために掘り割られた運河だが、城造りよりもその後の商いの流通経路として利用され、その両岸には土蔵が建ち並んで商都の賑《にぎ》わいを見せていた。

夕暮れ前、清之助と善五郎は雑踏の中で足を止めた。

「芝居一座が忽然《こつぜん》と姿を消しましたな」

善五郎が不思議そうに呟いた。

「いや、城下におることは確かです」

清之助は額に浮かんだ汗を手拭で拭いた。

二人は買い求めた菅笠《すげがさ》を被っていたが、それでも汗をかくほど陽射しは強かった。

「しかし、金魚の糞《ふん》のようについてくるぞ」

と善五郎が苦笑いした。

惣三郎を残して旅籠を出た四半刻後、二人には尾行がついた。尾行というよりも二人は囲まれて動いていた。

惣三郎が尾張柳生道場に顔出ししたのだ、当然考えられる仕儀であった。

最初、清之助にそのことを教えられた善五郎は、

はっ

として身を震わせたが、監視の輪が縮まりも消えもしないことに気持ちの余裕が生じたか、それを当たり前のことのように受け容れ、

「清之助さん、どうしましょう」

とこれからの行動を問うた。

「もう一度、札の辻《つじ》辺りに戻りましょうか」

名古屋城下の武家、商人の多くは清洲《きよす》城下に住んでいた者たちだ。

名古屋城下造りが始まると清洲の古い士民たちが強制的に新興城下名古屋に移住させられたのだ。

慶長年間のことで、

「思いがけない名古屋ができて花の清洲は野になろう」

と今も臼挽《うすひき》歌に残される、

「清洲越《ごえ》」

だった。この清洲越の士民の多くが屋敷や店を構えたのが名古屋の町中、

「碁盤割」

とか、

「上町」

と称された一帯で、名古屋の商人にとって碁盤割に店を構えることは夢であったという。

その碁盤割の基点が伝馬町通本町角の札の辻、高札場だ。

慶長十八年（一六一三）に伝馬会所が設けられ、寛文《かんぶん》五年（一六六五）には名古屋と江戸の間の書状物品の定期輸送のための飛脚会所も付設された。飛脚会所に先立ち、正保《しょうほう》元年（一六四四）には高札場も設置されていた。

ゆえに札の辻と呼ばれる場所は名古屋の街道の基点でもあり、情報物流の集散場、発信基地でもあった。

西に傾いた光が札の辻に差し込んでいた。

伝馬会所も飛脚会所も相変わらず人が集まっていたが、どことなく一日の仕事を終えた弛緩《しかん》の時が流れていた。

清之助は高札場に何気なく目をやった。するとその文が目に飛び込んできた。

「清殿、今晩丑《うし》の刻限広小路薬師《やくし》前にて待たれよ　連」

清之助は文を引き剝《は》がすと懐に入れた。

「どうなされました」

清之助の行動に訝しさを感じた善五郎が訊いた。

「連也斎様から知らせが届いた」

「闇のお方から文が届きますので」

「いかにもさよう。善五郎どの、ここは一旦父の許へと戻りますか」

二人は札の辻から熱田への通りへと下っていった。


「江戸の浅草《あさくさ》にひとしき」

と名古屋で呼ばれる一帯は大須《おおす》観音などの大寺院が建ち並ぶ界隈で、本町通りの両側は町家が連なり、

「門前町」

とも称した。

そんな大須観音の境内の一角から笛太鼓《ふえたいこ》鉦《かね》などの音が聞こえ、娘たちが手踊りの稽古に汗をかいていた。

昼間、清之助たちが探しに歩いたとき、そんな気配すら感じさせなかった一帯だ。

「ほれほれ、結衣、手は動いていますが足がばらばらですよ。おまえさんはどうして上下がそうとんちんかんかねえ」

と一座の女師匠の五月文字若《もじわか》が結衣に注意を与えた。

「はい、お師匠様」

結衣は額に汗を光らせて自分の体に動きを飲み込ませるように独りその場で動きをなぞった。なぞりながら自分の軽率さを考えていた。

正月、手踊りの師匠をしている静香がみわと結衣を芝神明の境内にかかる宮地芝居紫市乃丞一座に招いてくれた。

官許の大芝居中村座、市村座からは格落ちの宮地芝居だ。格別、結衣に期待する気持ちがあったわけではなかった。

だが、緞帳芝居と揶揄《やゆ》される舞台の華麗なこと、衣装の美しいこと、娘を含む役者衆の芸の巧みさ、囃子方の見事な調子、どれをとっても圧巻で結衣はいつしか舞台に引き込まれていた。

静香も、

「みわ様、結衣様、これだけの芸達者が揃う一座は大芝居でもなかなかございませんよ。それにさ、女形《おやま》は女形の面白さがあるがさ、やはり若い娘の手踊りはいいね、清楚《せいそ》じゃないか、小粋《こいき》じゃないか」

と褒めちぎった。

その静香の言葉を胸に受け止めたのは結衣だけで、

「姉上、わたし、感激しました」

と興奮する結衣に、みわは静香に聞こえぬように、

「ちゃらちゃらした踊りや芝居のどこがいいの」

と吐き捨てたものだ。

結衣はわくわくする高揚感を独り胸の中に仕舞っておこうと決意した。

芝居を見物した後、結衣は、

「女役者」

になることを決意したが、そのことをだれにも告げなかった。結衣が女役者になるなどと言い出せば母親のしのが困惑するのは目に見えていた。

（どうしたものか）

結衣は芝居町に行き、中村座を訪ねて、江戸で女役者になる道はないかと問い合わせてみた。江戸を離れなければ、しのもそう心配することもあるまいと考えたからだ。だが、江戸の三座は女形がきまり、娘が舞台に立つことは叶わないと無情にも告げられた。

やはり女役者になることは無理か、と結衣が諦めかけたとき、芝神明に新しい一座の宮地芝居がかかった。結衣が看板を見に行くと、

「五月柳太郎一座」

とあった。

(正月の一座とは違うわ)

と看板に見惚《みと》れていると、

「あら、お嬢様、正月の客席でお見かけしましたね」

と年配の女役者が声をかけてきた。

五月文字若だ。座長の柳太郎とは夫婦で文字若の下に若い達者な娘役者が五人揃っていた。

「あら、正月の紫一座と一緒なの」

「正月興行からそう間がないでしょう。田舎芝居はそういうとき、一座の名を変えて興行を打つのよ」

と文字若が正直に答えた。

「お嬢様は近くにお住まいなの」

「七軒町の冠阿弥様の家作に世話になっているんです」

「あら、確かこの近くには金杉様と申される高名な剣術家が長屋住まいしていると聞いたけど」

「あのう、うちの父です」

「なにっ、金杉惣三郎様の娘御かえ」

「はい」

父の武名を聞いた誇らしさと長屋住まいの恥ずかしさを紅潮した顔に漂わせた結衣に、

「お嬢様の名はなんと申されますな」

「結衣です」

「結衣様か、よい名ですよ。結衣様、お芝居がお好きですか」

「はい」

と頷く結衣に、

「うちがこの境内で芝居を打っている間、稽古だけでも見物に来られませんか」

と文字若が誘っていた。

「いいの、お師匠さん」

「わたしゃねえ、若い娘に芸事を仕込むのが道楽でねえ。江戸や京の師匠方にも負けませんよ」

と自慢した。

結衣は文字若との会話を切っ掛けに昼間一刻ほど芝居小屋に通い、手踊りや芝居の稽古

を見た。そして千穐楽《せんしゅうらく》が近付いたとき、結衣は、

「五月柳太郎一座」

に入ることを決め、文字若に相談していた。

「結衣様、そなたは武家のお嬢様ですよ。旅廻りの役者はご両親が許されませぬよ」

「うちは武家とは申せ、屋敷奉公しておるわけでもございませぬ。父は火事場始末の帳付けをし、母は仕立ての内職を、姉は近くの八百屋を手伝って暮らす浪人一家です。私が役者になったところでそう悲しまれますまい」

と心にもないことを答えていた。

文字若は文字若で高名な剣客が一家総出で働き、暮らしを立てていることに驚きを禁じえなかった。

「そうかねえ、金杉惣三郎様といえば先の剣術大試合の審判のお一人ですよ。その娘が旅役者でもいいかねえ」

「私が決めたのです」

と決然とした結衣の答えに、

「結衣様、江戸を離れて六郷の渡しを越えた川崎宿で一日足を止め、道中の仕度をし直します。その間にも結衣様のお心変わりがないようなれば川崎宿まで追っていらっしゃい。

私が座長にお願いしてあげますよ」

と約束してくれた。

結衣は一座の後を追って江戸を出た。予定どおりに川崎宿で合流し、一座に加わったが、なんと神奈川宿から一気に宮の湊まで船旅だという。

結衣が五月柳太郎一座に、

「鶴様」

と呼ばれる武家が加わっていることを知り、娘役者の一人お栄《えい》が、

「八戸鶴太郎様は尾張柳生の達人なのよ」

と洩らしたとき、結衣は、はっと気付いた。

(私は、ひょっとしたら父上や兄上が暗闘を繰り返されている尾張柳生の手に落ちたのではないか)

結衣はそう考えついたが、そのことを言動の一切に表わさない決心をした。芝居好きの娘を最後の最後まで押し通す、そのことが命を守るただ一つの方策と結衣は咄嗟《とっさ》に考えたのだ。

船の上でも稽古が続けられたが、だれよりも熱心に稽古に励んだ。

「この娘はさ、これまで芸事の経験はないというが筋は悪くないよ。もっとも踊りには時

間がかかりそうだねえ」

と女師匠の文字若が座長に言った。

結衣がその才を発揮したのは芝居だ。特に立ち回りになると先輩の娘役者より機敏に飛び跳ね、めりはりの利いた動きを見せた。

「座長、さすがにお武家様の娘だねえ、立ち回りが最初《はな》っからかたちになっていると思わないかえ」

「確かにちゃんばらは得意だねえ、時間をかけて仕込めばうちの目玉になるかもしれないよ」

と柳太郎が稽古を見ながら女房の文字若に答えたほどだ。

「だけどおまえさん、尾張柳生様は金杉惣三郎の次女を名古屋まで連れてこいだなんて、どうする気かねえ」

「分からねえや、そいつを気にしてたんじゃあ、尾張名古屋で芝居は打てねえからな、頼まれたことをしのけただけだ」

「用事が終わったら、結衣を一座に下げ渡してほしいよ。私がみっちりと芸を仕込むからさ」

「さてどうなるかな」

座長夫婦がそんな会話をしていることも知らぬげに、結衣はただ芝居好きな娘を演じてきた。

座長も一座の人々も悪い人たちではないと思えた。ならば今しばらく様子を見た上で考えようと結衣は心に決めたところだった。

「ほれほれ、腰が突っ立ってますよ、結衣」

「はい、お師匠様」

稽古は続いた。

旅籠に戻った清之助と善五郎を、

「ご苦労であったな」

と惣三郎が迎えた。

「なんぞ手掛かりはあったか」

「城下のあちらこちらと歩き回りましたが、五月一座も紫一座も影もかたちもございません」

「芝居一座が忽然と姿を消したか」

「ところが父上……」

と清之助は柳生連也斎の文を差し出した。

「ほう、連也斎様がな、このような文を遣わされたか」

「はい」

善五郎は惣三郎が囲炉裏端に置いた文面を初めて読んだ。死者からの手紙だ。

「金杉様、清之助さん、この文は尾張柳生の連也斎厳包様からの真筆にございますか」

「訝しいですか」

清之助が訊いた。

「連也斎様は元禄《げんろく》期に亡くなられたと聞いたことがございます」

「一芸に超越されたお方です、彼岸から尾張柳生の行く末を案じて戻ってこられたとしても不思議はございますまい」

「そのようなことがあってよいものでしょうか」

「善五郎どの、この世にはわれら凡人では分からぬことがままあるものよ。こうして連也斎様から文を頂いたのだ、丑の刻に広小路に参ろうかのう」

と惣三郎が今夜の行動を宣言した。

四

その夜、惣三郎、清之助、善五郎の三人は早々に夕餉を取り、わずかな酒を酌《く》み交わした。そして、旅籠の支払いを済ませ、一刻半（三時間）あまり仮眠した。

惣三郎らが目を覚ましたのは夜半九つ（午前零時）だ。惣三郎も清之助も短い刻限、熟睡したようだが、善五郎はついに一睡もできなかった。

「仕度を致そうか」

惣三郎の声に清之助が頷き、真新しい草鞋をそれぞれに配った。親子は刀を改め、寝刃《ねたば》を合わせて戦《いくさ》に備えた。明らかに尾張柳生一統との総力戦になる。だが、清之助は、

「善五郎さんの手出しは無用ですよ」

と静かに言ったのだ。

「それがし、お二人のただの付き添いにございますか」

「いえ、お願いがございます」

「なんなりと」

「結衣の身を守って下され」

「善五郎、一命に代えても」

「いえ、善五郎どのは結衣を探し当てたら、妹の手を引いて戦いの場から即刻離れて下さい」

清之助は普段どおりの口調で穏やかに応じていたが、金杉親子と尾張柳生一統の殲滅《せんめつ》戦になることは必定だった。それも戦の場は尾張の城下なのだ。すべてにおいて金杉親子に不利な戦いであった。だが、惣三郎も清之助も淡々《たんたん》として高ぶる様子はなかった。

(これが歴戦を生き残ってきた勇者の態度か)

善五郎は部屋の隅にあった火鉢にかかる鉄瓶から茶碗に冷めかけた白湯《さゆ》を注ぎ、気を鎮めるために飲んだ。

「善五郎さん、私にも白湯をもらえますか」

新藤五綱光の寝刃《ねたば》を合わせ終えた清之助が言った。

清之助はさらに柄元に晒しを巻いて血の滑りを防ごうとしていた。茶碗を受け取ると白湯を口に含み、晒しを固く巻いた柄元に白湯を吹きかけた。

惣三郎は歴戦の道具、高田酔心子兵庫の手入れを終え、部屋の隅に残しておいた燗冷ましの茶碗酒を口に含み、ゆっくりと嚥下《えんか》した。そして、清めるように最後の酒を高田酔心子兵庫の柄から刀身へと吹きかけた。

「清之助、どうか」

「仕度を終えてございます」

「ならば参ろうか」

それぞれ剣と草鞋を手に親子が立ち上がり、善五郎が従った。

享保の剣客金杉親子と尾張柳生一統の戦いの場にあるものが己一人と思うと善五郎は身震いした。生き残れるかどうか先のことは分からなかった。だが、歴史的な戦の場を傍らから見物することになりそうだ。

玄関の上がり框に小さな明かりが点されてあった。その光の中で草鞋を履き終えた惣三郎と清之助、それに善五郎が水夫宿仁松丸を後にした。

九つ半（午前一時）の頃合であった。

名古屋城下へと向かう三人の頭上に弦月《げんげつ》が淡い光を放っていた。

惣三郎と清之助が黙々と肩を並べ、善五郎がその後ろを粛々《しゆくしゆく》と従った。


丑《うし》の刻限（午前二時）、大須観音の境内から時ならぬ行列が出て、名古屋城下の方角へ向かおうとしていた。

五月柳太郎一座の幟《のぼり》を大八車の前後に賑々《にぎにぎ》しく立てた芝居一座は、手甲脚絆に草鞋掛け、道中着に杖《つえ》を突いての旅仕度だ。

宮の湊に着いて以来、大須観音の宿坊にひっそりと暮らしてきた五月柳太郎一座に尾張柳生から新たな命が下った。

建中寺門前、尾張柳生道場に江戸から連れてきた金杉結衣を即刻に送り届け、一座はその足で旅廻りに出よというものだ。

名古屋城下を拠点に興行を続ける五月柳太郎一座だ。尾張柳生の命は絶対的、逆らえないものだった。尾張柳生の背後には徳川御三家筆頭の尾張徳川家が控えていることを柳太郎も文字若も承知していた。

「おまえさん、どうしても結衣を手放さなきゃあならないかねえ」

文字若がいつになく緊張の面持ちの結衣を見た。

「だれが逆らえるというんだ、文字若。江戸から金杉とか申される剣客の娘を一座に引き込んで尾張領に誘い込めという命が下って以来、結衣の運命は決まっていたんだよ」

「結衣は十五ですよ。年端もいかない娘を一人尾張柳生様の道場に置いていくなんて惨《むご》くないかえ。まるで熊《くま》か虎《とら》の檻《おり》の中に投げ込むような仕打ちだよ」

「逆らえばうちの一座はこの世から消えてなくなる。結衣が恨むのは尾張様に逆らった父親だぜ」

名古屋城の三の丸に名古屋東照宮が創建されたのは元和五年（一六一九）のことだ。家康の命日にあたる四月十七日の祭礼の日、城内から三千人の武者行列が城下を練り歩き、神輿《みこし》の渡御が行なわれた。

この武士だけの行列はすぐに豪奢な山車《だし》やからくりを備えた町人中心の祭礼へと変化して、盛大に繰り広げられるようになった。

五月柳太郎一座は東照宮の祭礼の行列と同じく広小路から本町筋へと向かおうとしていた。

ふいに行列が止まった。

行く手に二つの影が立ち塞がっていたからだ。

一人は初老の武芸者で全身に幾多の戦いを潜り抜けた凄味《すごみ》と古傷を刻み付けていた。もう一人は若武者で六尺三寸を超えた長身から清新な闘志が漂っていた。

「どなた様にございますな」

先導役の副座長が二人に訊いた。

「五月柳太郎一座だな」

「いかにもさようです」

その問答に柳太郎と文字若が行列の前に出た。

「私が座長の五月柳太郎にございます」

「わが娘、結衣が世話になったな」

「あ、あなた様は」

「結衣の父親金杉惣三郎にござる」

「な、なんと」

「それがし、兄の清之助にございます」

二人の名乗りに、行列の中ほどを他の娘たちと歩いていた結衣が気付き、

「父上！　兄上！」

と叫んで、父と兄の許へと走ろうとした。

その瞬間、広小路の両側の屋根に大勢の人の気配が走り、行列の前後左右の地面に矢が突き立った。

一座から悲鳴が上がった。

「よう参った、金杉惣三郎、清之助」

屋根の上に羽織《はおり》袴《はかま》の武士と武芸者の二人が立った。

言葉を吐いたのは羽織袴の武家、尾張藩重臣山村《やまむら》仁之兵衛《にのへえ》だ。

もう一人は尾張柳生の当代、すでに身罷った柳生六郎兵衛に代わり、一派の後見を務め

る柳生曾平入道であった。

「お招きにより尾張城下に推参仕った。わが娘、結衣の身柄、頂戴して参る」

「金杉惣三郎、清之助、そなたら親子とは数多《あまた》の怨念を重ねて参った。その身で名古屋に入るとは大胆なり、健気《けなげ》なり。褒めて遣わす」

「曾平入道どの、結衣の身柄わが腕に取り戻す！」

宣言した惣三郎が一、二歩、結衣のほうへと踏み出した。すると再び広小路に弓弦《ゆづる》の音が響いて惣三郎の行く手に矢衾《やぶすま》を作った。

広小路から本町筋に煌々《こうこう》とした光が点った。

名古屋東照宮の祭礼日、道の両側の大店は表に竹矢来を組んで行列を見物する。そして、尾張藩主は桜天神の境内に設けられた御座所で壮麗な山車《だし》や祭り屋台を見物した。

竹矢来の中に名古屋の住人がうごめき、桜天神の御座所には徳川宗春らしき人物が座しているのが明かりに浮かんだ。

深夜に怪《あや》しくも東照宮祭礼の祭囃子の太鼓、笛、鉦などが、
コンチキチ
と鳴り響いた。

「曾平入道どのに物申す。われら親子、いかにも尾張柳生様と幾多の闘争を重ねて参り中

した。それもこれもわが考えにあらず、将軍家の座を巡りて争われた吉宗様と尾張の継友様、あちらにおられる宗春様の確執に由来しておる。われら武芸者、その意に従い、尋常の戦いを重ねたまでにござる。江戸からこうしてお招きにより金杉惣三郎が、回国修行中の倅《せがれ》清之助が名古屋城下に馳《は》せ参じたのでござる。武芸者の表芸にて争う気はありやなしや」

「その雑言に誑《たぶら》かされて、どれほどの尾張柳生の剣客諸氏が野に斃《たお》れ、屍を晒《さら》したことか」

「つまりはたった二人の金杉親子に大軍を揃え、飛び道具で殲滅なされようと申されるか」

「抜かせ！」

と叫んだ山村仁之兵衛が傍らの曽平入道に命じた。

曽平が軍扇を、

ひらひら

と振った。

曽平入道がさらに軍扇を振ろうとした。

そのとき、広小路のあちこちから濃霧が漂い出て、芝居一座を、金杉親子を覆い隠した。

祭り囃子が低く変わった。

「何奴か」

山村仁之兵衛が叫んだ。すると広小路から本町筋へと曲がる辻に白髪の老人の姿が浮かび上がった。老武芸者だ。

「怪しきかな！」

曽平入道が喚いた。

「愚か者が、尾張柳生の先祖を忘れたか！」

と老武芸者が大喝すると、さらに叫んだ。

「尾張柳生三代柳生七郎兵衛厳包の面、その方ら、見忘れたか」

あっ！

という驚きの声に、

おおっ！

というどよめきが起こり、

「連也斎様じゃあ」

「七郎兵衛厳包様かな」

という叫び声が屋根から響いた。

「こ、これは連也斎様にございますか」

屋根の上の柳生曾平入道が驚愕して広小路へと飛び降りてきた。

尾張柳生にとって初代柳生兵庫助利厳と三代七郎兵衛厳包連也斎は、他に比肩しうる者なき存在であった。

初代利厳には三子があった。

一子の新左衛門清厳《しんざえもんきよとし》は島原《しまばら》の乱で戦死し、次男の茂左衛門利方《もざえもんとしかた》が二代目を相続した。三子が厳包連也斎だ。

連也斎は初め厳知と称し、後に厳包と改名した。

寛永二年（一六二五）生まれで、通称は兵助、七郎兵衛、兵庫と改めた。母は石田三成《いしだみつなり》の軍師として関《せき》ヶ原《はら》の戦役で戦死した嶋左近《しまさこん》の娘であったという。

連也斎は寛永十九年、十八歳で江戸詰め御通番として召し出され、四十石を頂戴した。

慶安三年（一六五〇）、父の死後、父の隠居料三百石と屋敷を譲り受け、さらにその後も加増されて六百石を頂戴した。

六十一歳で隠居し、そのとき、連也斎と改名している。

妻を娶《めと》らず剣術一筋の生涯を貫き、子孫も残さなかった。

元禄七年（一六九四）十月十一日に七十歳で身罷った連也斎を若き日の山村仁之兵衛も曾平入道も承知していた。

それだけに驚愕は大きかった。

「連也斎様、何用あって彼岸から舞い戻られましたな」

山村の問いに白髪の連也斎が吐き捨てた。

「知れたこと、尾張柳生の正邪を糾《ただ》すためぞ」

「正邪とはなんのことにございますな」

「最前金杉惣三郎どのが申されたわ。剣者にとって勝敗を決する道は唯《ただ》一つ、尋常の勝負よ。その心掛けを忘れおって尾張柳生が天下の剣と称しえようか。曾平入道、そなた、六郎兵衛が江戸で得た栄誉を汚す気か！」

連也斎の大喝に、その場にある尾張柳生の面々は粛《しゅく》として返答もない。

善五郎は広小路の一軒のお店の軒下に潜んでいたが、
はっ
と我に返り、先ほど、

「父上！　兄上！」

と叫んだ娘の許へと走り寄った。

結衣がはっと身構えた。

「結衣様、それがし、清之助さんの朋輩ですぞ。父上と兄上より、そなたの傍を離れるなと命じられた百武善五郎にござる」

と名乗りを上げていた。

善五郎は頷く結衣を一座から離して軒下に連れていった。

「柳生小連也斎光厳なる者はおるか」

連也斎の声が広小路と本町筋の辻に響いた。

「これに控えており申す」

本町筋の一角から白面の武芸者が立ち上がった。

「はっ」

「そなた、この連也斎の許しもなく小連也斎を名乗ったか」

「許しが欲しくば金杉清之助を打ち負かせ」

「畏まって候」

小連也斎が広小路に向かって歩き出し、清之助も動こうとした。

「八戸鶴太郎忠篤はおるか」

「はっ」

広小路を見下ろす屋根の一角に八戸の畏まった姿があった。

「金杉清之助、柳生小連也斎の勝負に続き、そなたは金杉惣三郎どのと雌雄《しゆう》を決せ。それを此度の戦の決着と致す」

連也斎が宣告した。

八戸鶴太郎が辻に飛び降りてきた。

そのとき、惣三郎が声を発した。

「連也斎様、ちと願いの儀がござる」

「なんじゃな、金杉氏」

「勝負の順、それがしを先にして頂きとうござる。なあに親馬鹿でな、尾張で息子の武芸を初披露致すのだ、老いた父親は倅の前座がまあ相応《ふさわ》しき役どころに御座候」

「金杉氏、申されるわ」

と忍び笑いした連也斎が、

「剣者金杉惣三郎の腕前、とくと拝見致そうか」

と広小路と本町筋の辻を戦いの場に命じて、自らは辻の端に引き下がった。

八戸鶴太郎が、

すいっ

とそれまで連也斎が立っていた辻に進んできた。

惣三郎も歩を進めながら、

「八戸どの、車坂ではついに正体を見せられなかったな」

と言いかけた。

「あの折の我慢、幾倍にしても返す」

「お受け致す」

と惣三郎が答えた。

「尾張柳生の面々にもの申す。八戸どのとはこの金杉、一度江戸にて手合わせした仲にござれば隠された腕前の推量もつく。助勢致したき者あらば幾人たりとも名乗りを上げられよ！」

惣三郎は敵地尾張にあってさらに相手を挑発していた。

「おのれ！」

屋根の上から三、四人の仲間が飛び降りた。

「待て、この場は八戸鶴太郎が先陣を切る。金杉惣三郎の力こそ知れり、増上慢《ぞうじょうまん》の鼻、へし折ってくれん」

八戸が剣を抜いて地擦《じず》りに置いた。

それは惣三郎の、

「寒月霞斬り」

の構えにも似て、ぴたりと決まっていた。

「ほう」

と嘆声を洩らした惣三郎も迷うことなく得意の構えにおいた。

八戸鶴太郎と金杉惣三郎は間合い一間半（約二・七メートル）で相似形に構え合った。

先ほどから流れ続けていた祭礼のお囃子《はやし》が高くなり低くなりしていたが、一旦消えた。

静寂が辻を支配して、二人はまったく動かない。だが、辻の空気が見る見る濃密なものへ、危険なものへと変化していった。

対峙から四半刻（三十分）か。

結衣の手をしっかりと握る善五郎の掌《てのひら》に汗が浮かんで、それが二つの手の間から地面へと流れた。

流れた汗の玉が地面を叩いて無数に飛び散った。

無音の音が辻の張り詰めた空気に火をつけた。

八戸鶴太郎が地擦りを斜め前方に引き回しながら突進した。

囃子方が思わず高鳴った。

間を置かず、惣三郎が動いた。

高田酔心子兵庫二尺六寸三分が円弧を描いた。それは夏の昼下がり、お店の小僧が無心に撒《ま》いた打ち水のように広がり伸びて、八戸鶴太郎の、同様な軌跡を描く刃と交わった。

ちゃりーん！

辻に音が響き、片方の剣が二つに斬り割られて、切っ先、三、四寸（約九～一二センチ）のところで折れ飛んだ。

おおっ！

両断された剣をそのまま引き回す八戸は動揺を抑えて、残った剣を手元に引き付けようとした。だが、その瞬間、金杉惣三郎の剣が虚空で反転し、下降に移ったことを察知した。

逃げる術も避ける間もなき迅速の剣捌《さば》きだ。

ああっ！

思わず悲鳴が口から洩れた。次の瞬間、肩口を相手の剣が襲いきた。

八戸鶴太郎は抵抗しようとした。

だが、その気持ちを吹き飛ばして金杉惣三郎の秘剣寒月霞斬りが肩を深々と斬り割り、その場に押し潰した。

助勢に飛び降りてきた四人の剣客が惣三郎に殺到した。

惣三郎の酔心子兵庫が虚空に舞った。

血飛沫《しぶき》が散り、ばたばたと四人の剣客が辻に斃《たお》れ伏した。

「身の程知らずが」

森閑とした沈黙の中に連也斎の声が響き、

「柳生小連也斎、意地を見せよ」

という命が続いた。

「承知仕りました」

白面の剣士は、五人の仲間が斃れ、まだ血の匂いが漂う辻に出た。

さらに数拍遅れて清之助が構えについた。

小連也斎は剣を抜かず清之助の動きを見ていた。清之助はつかつかと小連也斎の正面に立ち、間合いを詰めていった。まるで相手がいないような動きでいきなり互いの柄頭と柄頭が接するほどに間合いを詰めた。

だれの目にも二人が鞘走らせた瞬間に決着がつくことが分かっていた。

結衣は父が戦いの場に立ったとき感じなかった恐怖に、襲われていた。全身がぶるぶると震え、善五郎に握られた拳《こぶし》まで震えた。

（兄上、結衣はなんと途方もなきことをしでかしたのでございましょう）

「結衣どの、清之助さんは絶対に負けぬぞ」

善五郎が結衣の心の中を察したように言いかけた。

六尺三寸余の清之助の頭が小連也斎の頭の上に浮かんで見えた。

互いに柄に手を掛けもせずに立っていたが、先に動いたのは小連也斎だ。左足を後方にじりじりと下がらせ、体の構えを徐々に沈めた。さらに二人の身丈の差が開いた。

小連也斎は清之助の胸近くに顔の位置を下げた。これで清之助の手が柄に掛かるのが眼前に見通せた。

反対に清之助は小連也斎の頭と体で小連也斎の動きを見ることが叶わなかった。

辻のあちこちから見物する人の目には清之助がただの、

「でくの坊」

のように立っていると映った。

だが、清之助は慌てる様子もない。

清之助の視界から髷さえ見ることができないほどに小連也斎は沈み込んで動きを止めた。

時がじりじりと流れて、どこかで犬の遠吠えがした。

五月柳太郎一座の呼び込みの京次《きょうじ》は息苦しくなって首に吊った拍子木の紐《ひも》を摑んだ。胸の前にかけた拍子木がぶつかり、鈍い音を立てた。

小連也斎の右手が流れるように動き、眼前を塞ぐ清之助の胴へと引き回した。的は大きく、近かった。外すはずもなき大きな標的だった。その動きを小連也斎は全身に伝えることなく右手の動きだけで行なった。

清之助は下方に沈み込んだ小連也斎の体がかすかに震わせた空気を察していた。

その瞬間、利き腕の右手を動かすことなく、左手で新藤五綱光の鍔元《つばもと》を摑むとそのまま前方に突き出した。

清之助には見えなかったが、その死角の中で小連也斎が抜き打っていた。

だが、清之助の柄頭は一挙動で小連也斎の顔面を突き上げ、それでも抜き打ちを続けようとする小連也斎を後方に吹き飛ばしていた。

あっ！

という叫びが辻に木霊《こだま》した。

間合いが一間半余に開き、中腰の小連也斎が必死に立ち直ろうとした。

清之助は左手で綱光を腰に戻しつつ、右手で一気に引き抜きながら小連也斎との間合いを詰め、綱光を鞘走らせた。

二尺七寸三分の豪剣が一条の光に変じ、さらには炎を刃に纏わりつかせながら中腰の小連也斎の首筋を、

ぱあっ

と刎《は》ね斬った。

ぐえぇっ！

小連也斎は腰が落ちた姿勢のままにしばし虚空に身を預けていたが、尻餅を突くように崩れ落ちていった。

「見事なり、清之助！」

柳生連也斎の声が辻に響いたとき、清之助と惣三郎は善五郎と結衣のいる軒下へと引き、さらに裏路地へと身を走らせていた。

朝ぼらけの伊勢湾を津に向かって小さな帆掛け船が航行していた。胴中には三人の男と一人の娘が乗っていた。むろん金杉惣三郎、清之助、結衣と百武善五郎の四人だ。

緊張に疲れ果てた結衣は眠り込んでいた。

善五郎が、前夜まで泊まっていた水夫宿仁松丸に掛け合い雇った船が、宮の沖合いに出たとき、ようやく目を覚ました結衣に惣三郎が話しかけた。

「結衣、怪我もなくまずはよかった」

「父上、結衣の浅慮《せんりょ》からご心配をお掛け申しました」

「そなた、芝居が好きか」

「はい」

結衣が無邪気に答えた。

「結衣！」

と父に代わって兄が叱咤《しった》した。

「結衣、浅慮軽率ではすまぬことであったぞ。母上の気持ちを思うてみよ、みわの不安を考えてみよ。父上は老骨に鞭打《むちう》たれ、東海道を昼夜の別なく駆けつけて参られたのだぞ。それが通り一遍の詫《わ》びの言葉で済むと思うてか」

厳しくも諭《さと》した。

その言葉を聞いて平然としていた結衣が泣き崩れた。

「兄上、真に結衣は迂闊《うかつ》者にございました。ただ、女役者になりたいと考えただけでございました」

「一家だけではない。ここにおられる百武善五郎どのを始め、大和柳生の方々にどれほどの迷惑をかけたか。はたまた江戸におられる方々をどれほど心配させておることか」

「父上兄上、ごめんなさい」

と頭を船の床に擦り付けて謝った結衣が、

「兄上、結衣はどうすれば償えましょうか」

と聞いた。

「まず津に着いたら母上やみわに手紙を書いて無事を知らせることだ」

清之助の舌鋒《ぜっぽう》が優しいものに変わっていた。

「はい」

「次に柳生の里に参り、ご家老の小山田春右衛門様を始め、ご門弟衆にじかにお詫びをせねばならぬ」

その言葉に、
えっ！

と善五郎が驚きの声を上げた。

「結衣様は、いや、金杉惣三郎様が柳生をお訪ねになるのですか」

「娘の不始末を親が詫びるのは当然のことにございます、善五郎どの」

「な、なんと柳生に金杉親子が逗留なさるぞ」

「迷惑ですか」

「なんの迷惑がございましょうや」

「父は己ができることを努めると申しております」

「われら、この好機を逃してはなりませぬな」

「善五郎どの、かねてより俊方様から大和柳生を訪ねてくれと頼まれておりました。よい機会にございましょう」

惣三郎も言った。

「父上、結衣の軽挙妄動《けいきょもうどう》がただ一つもたらしたよきことかもしれませぬな」

清之助の言葉を潮風に乗せて、帆掛け船は朝の光が差し始めた伊勢湾をひたすら南下した。

解説――「再生」への現代人の願望を反映する「密命」シリーズ

文芸評論家　井家上隆幸《いけがみたかゆき》

平成十六年度出版点数二十点（すべて文庫書下ろし。含む二次文庫）、部数合計四十六万五千百部（増刷は含まず）――と、友人、宮城賢秀《みやぎけんしゅう》が個人誌『三星天洋』に書きとめている数字と精力的な仕事ぶりは、わたしには「文庫書下ろし時代小説」が「藤沢周平《ふじさわしゅうへい》のほかに神はなし」的時代小説論では語りえない時代小説と、それをささえる読者層の存在をあらためて確認させた。

といって、わたしは、文庫書下ろし小説は、時代小説の〝正統〟に対する〝異端〟だとは思っていない。大村彦次郎《おおむらひこじろう》『時代小説盛衰史』がえがいた、「作家なら中里介山《なかざとかいざん》から司《し》馬遼太《ばりようた》郎《ろう》の登場まで、雑誌なら講談倶楽部の創刊から終焉《しゅうえん》まで」の時代小説の紆余曲折《うよきょくせつ》の歩みは、いうならば〝講談社文化〟的なるものと〝岩波文化〟的なるものの〝盛衰〟であり、大正末から昭和初年にまで遡《さかのぼ》れば「文庫書下ろし時代小説」の〈祖型〉は後者にあると考えている。そこから戦後、昭和二十年代後半から三十年代前半の「倶楽部雑誌」

全盛期へ、八〇年代隆慶一郎《りゅうけいいちろう》（伝奇時代小説）そして現在の「文庫書下ろし時代小説」へとつなぐ「大衆時代小説盛衰史」は、〝講談社文化〟なるものが〝岩波文化〟的なるものに制圧されたとする、戦後史観の地下水脈を掘削《くっさく》することになるだろうと。

　佐伯泰英という作家の仕事、なかでも本書『遠謀』で十四巻を数える『密命』シリーズは、わたしにとってはさまざま考えさせてくれる作品である。

　ふぬけをよそおいながら豊後《ぶんご》相良《さがら》藩主・斉木《さいき》高玖《たかひさ》から拝領の豪剣・高田《たかだ》酔心子兵庫《すいしんしひょうご》を手に、ひそかに秘剣（寒月霞斬り《かんげつかすみぎ》）を練っていたが高玖の密命を受けて脱藩、江戸の市井に身を潜め、さまざまな人びととともちつもたれつ暮らす金杉惣三郎《かなすぎそうざぶろう》が、お家乗っ取りの陰謀をくだく①『密命　見参《けんざん》！　寒月霞斬り』にはじまり、八代将軍吉宗《よしむね》と御三家筆頭の尾張藩の暗闘に巻き込まれ、次々と襲いくる手練れの剣客、刺客集団と死闘を演じるシリーズの展開は、⑪『残夢　密命・熊野秘法剣』刊行後につくられた、祥伝社編集部編『「密命」読本』に詳しいが、それに収録されているインタビューで、佐伯泰英は語っている。

「史実としては、一番勢い盛んな敵方と吉宗との暗闘というのが、これから始まるわけです。（中略）もうちょっと経って宗春《むねはる》の時代にならないと、名古屋の繁栄ってこないんですよ。そうすると、どう考えても惣三郎じゃ間に合わない。（中略）だから今ようやく少しずつ世代替わりしている。敵との闘争も惣三郎に向かわずに息子のほうに向かう。（中略）清之助が中心にならざるをえない」

史実によれば、兄継友《つぐとも》の死で尾張藩主となった通春《みちはる》が吉宗の一字をもらって宗春《むねはる》と称したのは享保《きょうほう》十五年。吉宗が三年間の倹約令を出した翌十六年、その著『温知政要』で諸事倹約を旨《むね》とする吉宗の改革を批判した宗春は、名古屋における遊所や芝居の禁を解き、祭礼や寄合の制限を除く。享保十七年、吉宗、宗春の奢侈《しゃし》を譴責《けんせき》。七年後の元文《げんぶん》四年一月、隠居慎《つつしみ》を命じられた宗春は、尾張に帰り幽居《ゆうきょ》して明和《めいわ》元年六十九歳までを生きている。宗春が藩主となった同じ年、吉宗は次男宗武の田安家を創始し、つづいて三男宗尹《むねただ》の一橋家、孫重好《しげよし》の清水家を創始して御三卿《ごさんきょう》と呼び、将軍に子のないときは継嗣を出させることとし、以後、十一代家斉から十五代慶喜《よしのぶ》（水戸家から一橋家の養子となった）まで、一橋家が将軍の座にすわることになる。

吉宗と尾張藩主継友とその弟宗春の暗闘が本格的にはじまる⑫『乱雲　密命・傀儡剣合わせ鏡』と⑬『追善　密命・死の舞』を受けて、延宝《えんぽう》三年生まれの惣三郎が「一年後には齢《よわい》五十か」と感慨に耽《ふけ》るのだから享保九年か、「燃え尽きようとする蠟燭《ろうそく》は風もないのに炎が揺らぐときがある。どうやら今日のおれはそんな心境のようだ」と独白するシーンにはじまる本書『遠謀　密命・血の絆』は、父と子の主役交代のターニングポイントを主題とし、シリーズがさらに巻を重ねることを〝宣言〟している。

享保六年、十八歳で吉宗が催した剣術大試合に出場、みずから編み出した秘剣〈霜夜《そうや》炎《ほむらがえ》返し〉で勝ち抜くが、尾張柳生の総帥柳生六郎兵衛厳儔《やぎゅうろくろべえよしとも》を立てて二位に甘んじ、さらに剣の道を極めるため、いつ終わるともしれぬ旅に出て二年余。

享保九年のいま、大和国正木坂の柳生道場で精進している清之助のもとに惣三郎から、妹の結衣《ゆい》が家出して旅役者一座に入ったが、惣三郎を誘き出すための尾張の策略、熱田神宮《あつたじんぐう》で落ち合おうという手紙が。命を狙う尾張柳生の剣士四人を倒した清之助は、宮の町に急行、幾度も放った刺客を斃《たお》された尾張の手におちた結衣を救出すべく、父とともに名古屋へ——。

家族のことを思い、好きな女のことを思うことは修行の妨げと考え、悩んだ時期もあったけれど、「家族を思う気持ちと同じく葉月《はづき》殿を想う心、なんら修行の妨げにならず。父もまたそなたの母やしのを慕いつつ修行に明け暮れ候」という父の手紙に翻然《ほんぜん》と悟るところあった清之助を、なんと三十数年前に身罷《みまか》ったが、その彼岸の闇から目覚めた尾張柳生の祖・連也斎厳包《れんやさいとしかね》に感応させて、江戸柳生初代宗矩《むねのり》が『兵法家伝書』にいう「兵法は人を斬るとばかりおもふはひがことなり、人を斬るにあらず、一人の悪をころして万人を活かすはかりごとなり」こそまことの剣の道と、佐伯泰英は「剣は畢竟《ひっきょう》人を斬るものなり」とする邪道に堕《お》ちた尾張柳生と対決させる。

柳生新陰流の始祖・石舟斎宗厳《せきしゅうさいむねよし》が『宗厳百首』に遺した「兵法の極意は五常の義に有と、こころのおくに、絶えずたしなめ」という道歌にある「五常」すなわち「仁、義、礼、智、信」をわがこととする惣三郎と清之助の剣が「活人剣」ならば、尾張柳生のそれは「殺人剣」と、佐伯泰英の規矩《きく》はまことに明快で、だから金杉親子もそれと同心する人びともまた明朗快活。そこのところが、かつての「倶楽部雑誌」の山手樹一郎《やまてきいちろう》や田岡典夫《たおかのりお》の大衆時代小説の味、それはまた隆慶一郎の伝奇時代小説に通底するもので、それが新しい読者層を獲得した要因の一つであると、わたしはみる。冥界《めいかい》からの連也斎の手紙に、「この世にはわれら凡人では分からぬことがままあるものよ」と驚かぬ惣三郎、それに肯《うなず》く清之助に共感する人も多いのではないか。

人は過去をみつめながら後ずさりして未来に向かう。伊藤大輔《いとうだいすけ》監督は、昭和初年の名作『忠次《ちゅうじ》旅日記』三部作を回想して、「御用提灯なら五十や百ぶった斬っても、検閲にはかかりませんよ。時代劇を一つの手段として使う、現代劇にはとても許されぬことをやってのけられる」と語っているが（竹中労『日本映画縦断1／傾向映画の時代』）、同時代の時代小説もまたそうであったことは、たとえば大佛次郎《おさらぎじろう》『赤穂《あこう》浪士』には「大石ら実在の赤穂浪士の他に、創作上の脇役の人物として、虚無的な浪人堀田隼人《ほったはやと》や怪盗蜘蛛《くも》の陣十郎《じんじゅうろう》が登場し、興趣を盛り上げた。これまでの講談読物の義士伝とは性格をハッキリ異にした。作品の背景には、失業者が巷《ちまた》にあふれ、金融恐慌が起こりかねない、昭和初年の社会状況が見事に反映されていた」と大村彦次郎がいうごとくである（『時代小説盛衰史』）。

そのように考えれば、「密命」シリーズは、家庭が崩壊し、正義と悪の分別もつきがたい現実への不満と、家庭や地域共同体の再生への現代人の願望を反映しているということができよう。

吉宗と宗春の暗闘がつづくなかで、「五常の義」に生きる惣三郎や清之助がどのように変わっていくか、その輪郭《りんかく》はまだぼんやりとしているが、佐伯泰英のことだ、惣三郎や清之助がさらに市井に足をおく姿勢を明確にさせていくだろうことは、まちがいあるまい。そうなったとき、佐伯泰英は大衆時代小説の真の旗手となるだろう。わたしはその日を待ち望みながら、これからもこのシリーズを読みつづけていく。

一〇〇字書評

切り取り線

遠謀

購買動機（新聞、雑誌名を記入するか、あるいは○をつけてください）

- □（　　　　　　　　）の広告を見て
- □（　　　　　　　　）の書評を見て
- □ 知人のすすめで
- □ タイトルに惹かれて
- □ カバーがよかったから
- □ 内容が面白そうだから
- □ 好きな作家だから
- □ 好きな分野の本だから

●最近、最も感銘を受けた作品名をお書きください

●あなたのお好きな作家名をお書きください

●その他、ご要望がありましたらお書きください

住所	〒		
氏名		職業	年齢
Eメール	※携帯には配信できません	新刊情報等のメール配信を希望する・しない	

あなたにお願い

この本の感想を、編集部までお寄せいただけたらありがたく存じます。今後の企画の参考にさせていただきます。Eメールでも結構です。

いただいた「一〇〇字書評」は、新聞・雑誌等に紹介させていただくことがあります。その場合はお礼として特製図書カードを差し上げます。

前ページの原稿用紙に書評をお書きの上、切り取り、左記までお送り下さい。宛先の住所は不要です。

なお、ご記入いただいたお名前、ご住所等は、書評紹介の事前了解、謝礼のお届けのためだけに利用し、そのほかの目的のために利用することはありません。またそのデータを六カ月を超えて保管することもありませんので、ご安心ください。

〒一〇一－八七〇一
祥伝社文庫編集長　加藤　淳
☎〇三（三二六五）二〇八〇
bunko@shodensha.co.jp

祥伝社文庫

上質のエンターテインメントを！　珠玉のエスプリを！

祥伝社文庫は創刊15周年を迎える2000年を機に、ここに新たな宣言をいたします。いつの世にも変わらない価値観、つまり「豊かな心」「深い知恵」「大きな楽しみ」に満ちた作品を厳選し、次代を拓く書下ろし作品を大胆に起用し、読者の皆様の心に響く文庫を目指します。どうぞご意見、ご希望を編集部までお寄せくださるよう、お願いいたします。

2000年1月1日　祥伝社文庫編集部

遠謀《えんぼう》　密命《みつめい》・血《ち》の絆《きずな》　長編時代小説

平成18年4月20日　初版第1刷発行
平成20年3月25日　第11刷発行

著者　佐《さ》伯《えき》泰《やす》英《ひで》

発行者　深澤健一

発行所　祥《しよう》伝《でん》社《しや》
東京都千代田区神田神保町3-6-5
九段尚学ビル　〒101-8701
☎03(3265)2081(販売部)
☎03(3265)2080(編集部)
☎03(3265)3622(業務部)

印刷所　堀内印刷

製本所　明泉堂

ISBN4-396-33284-X　C0193

祥伝社のホームページ・http://www.shodensha.co.jp/

祥伝社文庫

佐伯泰英　密命①見参！寒月霞《かすみ》斬り

豊後相良《さがら》藩主の密命で、直心影流の達人金杉惣三郎《かなすぎそうざぶろう》は江戸へ。市井《しせい》を闊達《かったつ》に描く新剣豪小説登場！

佐伯泰英　密命②弦月三十二人斬り

豊後相良藩を襲った正室の乳母殺害事件。吉宗の将軍宣下を控えての一大事に、怒りの直心影流が吼《ほ》える！

佐伯泰英　密命③残月無想斬り

武田信玄の亡霊か？　齢《よわい》百五十六歳の妖術剣士石動奇嶽《いするぎきがく》が将軍家を襲った。惣三郎の驚天動地の奇策とは！

佐伯泰英　刺客《しかく》　密命④斬月剣

大岡越前の密命を帯びた惣三郎は京へ現われる。将軍吉宗を呪う葵切り七剣士が襲いかかってきて…

佐伯泰英　火頭《かとう》　密命⑤紅蓮《ぐれん》剣

江戸の町を騒がす連続火付、焼け跡には〝火頭の歌右衛門〟の名が。大岡越前守に代わって金杉惣三郎立つ！

佐伯泰英　兇刃《きょうじん》　密命⑥一期一殺

旧藩主から救いを求める使者が。立ち上がった金杉惣三郎に襲いかかる影、謎の〝一期一殺剣〟とは？

祥伝社文庫

佐伯泰英
初陣《ういじん》 密命⑦ 霜夜炎返《そうやほむらがえ》し

将軍吉宗が「享保剣術大試合」開催を命じた。諸国から集まる剣術家の中に、金杉惣三郎父子を狙う刺客が！

佐伯泰英
悲恋 密命⑧ 尾張柳生剣

「享保剣術大試合」が新たなる遺恨を生んだ。娘の純情を踏みにじる悪辣な罠に、惣三郎の怒りの剣が爆裂。

佐伯泰英
極意 密命⑨ 御庭番斬殺

消えた御庭番を追う惣三郎に信抜流居合が迫り、武者修行中の清之助にも刺客が殺到。危うし、金杉父子！

佐伯泰英
遺恨《いこん》 密命⑩ 影ノ剣

剣術界の長老・米津寛兵衛、立ち合いにて惨死！ 茫然とする惣三郎、その家族、大岡忠相に姿なき殺気が！

佐伯泰英
残夢《ざんむ》 密命⑪ 熊野秘法剣

吉宗公の下屋敷が襲われ、十数人の少女が殺された。唯一の生き残り、鶴女は何を目撃した？

佐伯泰英
乱雲 密命⑫ 傀儡《くぐつ》剣合わせ鏡

「吉宗の密偵」との誤解を受けた回国修行中の清之助。大和街道を北上。黒装束団の追撃を受け、銃弾が！